如夢令

蕭雲詩文選

蕭雲 著

Dream

Dream

自序

九十三年我出版了《請不要說再見》，今年我出版了《如夢令——蕭雲詩文選》。這次以我新近的詩作為主，著重於感情和時事的描述。去年到現在；國內外都發生了許多令人難忘的事，我深受感動！於是一一以詩為記，也是見證曾經的歷史。因為，今天的我們都將成為明天的歷史。大人物存在大歷史中，小人物存在小歷史中，或存在自己的家史中，或煙消雲散沒人記得！我有一首詩「拓印」——旅行的詩人，就這樣寫著：

在旅行的地圖上
你我都是過客
我帶一支筆
蘸些詩墨
拓印
行旅者曾經的
影子

你想留怎樣的影子；讓人拓印留念呢？

我在今年的門聯上曾寫著：「商效陶朱知時勢，文崇李杜寫人間」。李白、杜甫一直都是我崇敬的對象。他們雖風格各異，但都寫人間事。尤其杜甫，生逢亂世；寫盡當時實情。現在讀這些詩都還能心有感感焉！新詩發展到現在，真可說是多彩多姿，但也發展到讓大眾弄不清新詩是甚麼？因為，有些新詩若沒瞭解作者當時心境；恐怕讀了詩也無法和詩人一起共鳴，感受詩意！漸漸的，詩成為詩人的詩；而不是一般人的詩。新詩也就成為看是白話；卻又難懂，也很難詮釋的作品。教國文的老師；除非他新詩功夫了得，不然，要解釋新詩；就不是一件容易的事。這是為甚麼呢？我不想釋疑，還是留給別人吧！但寫詩、賞詩都是很愉快的事。我們只要寫下心中的感受，讓它成為生活的一部分，或情緒紓發的管道，不也很好嗎？文學的價值，在於作者創作時的感覺，完成時的釋然，及讀者欣賞時；能和作品產生共鳴，如此而已！而一切美的藝術品不也如此嗎？讓我們以輕鬆的心情；享受文學的美！

在這本書中，值得一提的是；有四百多行的長詩「癌症的春天」。這是我寫詩的新記錄，要寫這麼長的詩不容易。新近有詩魔之稱的詩人洛夫老前輩，他出版了號稱三千行的長詩書「漂木」，這恐怕是詩壇目前最長的詩了。此外，我把一些我的荷花攝影作品放在封面和書中。我喜歡荷花的風華，也在自家後院種荷欣賞。

這花百看不厭，難怪自古被騷人墨客吟誦不已！希望讀者在賞詩之餘，也可以賞荷花的美。至於書名「如夢令」是取自後唐莊宗作的詞的詞牌名，其中詞句「如夢，如夢，殘月落花煙重。」詞句優美。還有一首是秦觀的作品也很美。後來，我填了一首「如夢令」的詞。這兩首詞分別如下：

如夢令─春景　　秦　觀

鶯嘴啄花紅溜，燕尾剪波綠皺。指冷玉笙寒，吹澈小梅春透。依舊，依舊，人與綠楊俱瘦。

如夢令　　蕭　雲

日月潭畔春紅，孤乳山上霧濃。五月亂飛雪，七月尋覓無蹤。無蹤，無蹤，窗前猶盼鴻蹤！

其實，人生真的如夢！出生夢想長大，長大夢想成家立業，退休夢想健康！都是夢，若人生沒夢？這人生恐怕太枯燥無味了！至於所有的夢想是否會實現？說真的，不要太計較！因為，不是每個夢都會變成事實！若夢沒變事實？也不必難過！想想「人生不如意事，常十之八九」，太順利了，反而有些不正常呀！我們只要有夢就好！不必赤裸裸的去掀夢與事實的真假。這樣才懂得人生，懂得夢的真諦，才不會得到目前很流行的憂鬱症！等有一天回顧從前時；也能抱以會心的微笑——對著自己，對著他人，很文學的、很詩意的微笑！

對自己可不要太吝嗇喔！管它得與失，輕鬆一些些，笑看你的一切！

謹識

九十四年六月二十三日於桃園

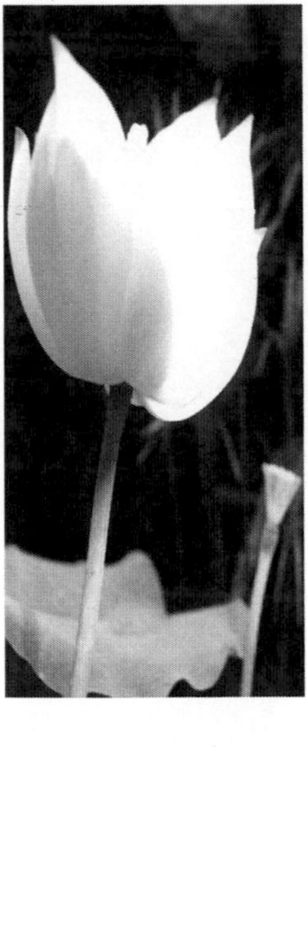

如夢令——蕭雲詩文選目錄

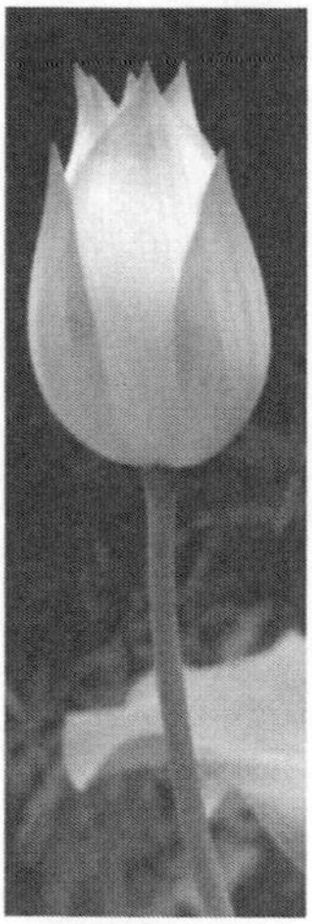

詩之葉

只想聽聽妳的聲音

不論妳在何方
只想聽聽妳的聲音
從話筒傳來的
從手機傳來的
妳的聲音
縱然只是一句
輕輕的問候
或是
三言兩語

不論妳在何方
只想聽聽妳的聲音
從語音信箱傳來的
從簡訊傳來的
妳的聲音
縱然只是

簡單幾個字
或是
一聲的笑語

每當我貼近話筒
細胞便複製全部的妳
在腦海中
在眼簾上
在話筒裡

每當我掛上話筒
滿天都是妳的笑容
滿地都是春天的花朵
滿室都是妳的聲音
輕輕的聲音
甜甜的聲音
迷人的聲音

只想聽聽妳的聲音
不論妳在何方
931019 於桃園

野台戲

叮咚鏘叮咚鏘
媽祖生關帝生
廟前搭起了
野台戲

叮咚鏘叮咚鏘
媽祖生關帝生
廟前演起了
野台戲

野台戲
野台戲
不管大戲歌仔戲
出將入相
看盡歷代興亡盛衰
不管布袋戲傀儡戲

上上下下
道盡人生悲歡離合

野台戲
野台戲
只要有廟的地方
就有野台戲
榕樹上戲棚邊
石獅旁戲台前
亂轟轟的一群
只管猜猜今天演些
什麼戲

野台戲
野台戲
日復一日
年復一年
同樣媽祖生

同樣關帝生
多了電光聲效
少了戲班的人
多了絢麗牌樓
少了看戲的人
大人小孩沒關係
有人沒人沒關係
諸神也來插一腳

叮咚鏘叮咚鏘
鞭炮響徹雲霄
唱給神明聽
演給神明看
出將入相
上上下下
沒半點兒馬虎

940124

【註】自電影和電視興起後，廟前的野台戲便日漸衰微，於是為它寫這詩！

讀妳——咖啡之約

讀妳
在妳薄薄的嘴唇中
在妳翻轉的舌尖中
讀妳
讀妳從肺腑釋出的
琴音
讀妳
在妳眼廉的開闔中
在妳明亮的眼球中
讀妳
讀妳從瞳裏映出的
彩虹
撮一口冰咖啡的清涼
澆不息腦中
億萬細胞的躍動

刀與叉

縱
橫
在法式海鮮麵的焗烤中
我們品茗
咖啡因的深情
我們淺嘗
九孔與蝦的鮮美
再撮一口
冰咖啡的清涼
凝珠點點
在透明腳杯外
浸我持杯的手的溫熱

我　雙眼
靜
靜
的

讀妳
讀妳絲絲秀髮上
絲絲的春天

930727 於桃園

夜旅

光亮的軀體鑽行於
層層的不盡的黑幕中
吞噬前方的黑
又還黑給後方的夜
這是無垠的夜的
舞台

機械的輪刀
軋碎夜的時光
時光吱喳地迸出火花
沒秩序地點綴
夜
深沉沉
黑黝黝
靜寂寂
的

幕

光體內的我們
被催眠得睜不開雙眼
欣賞這夜的舞台劇
不久
也飄浮在夜
漆黑漫漫的
舞台上

980601

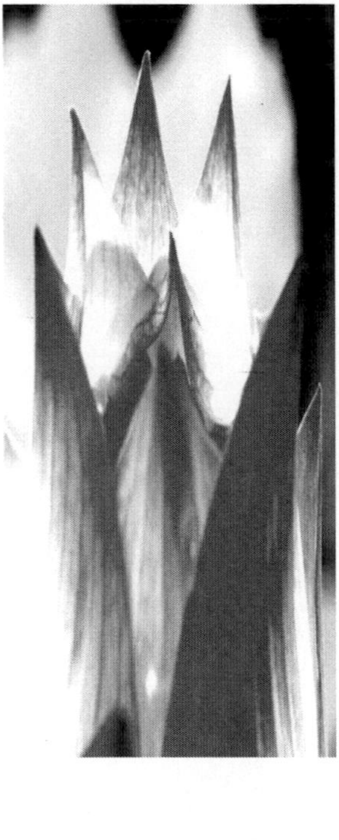

煮詩，颱風夜

颱風夜，我們煮詩
X級的風速
在窗外咆哮
樹枝亂了舞步
月娘掩去幕簾

颱風夜，我們煮詩
煮一茶壺的詩
數茶水的晶瑩剔透
撥茶葉的片片韻味
我們只想把茶煮好
薰一室的香

停掉收音機
關掉電視機
管它艾利和佳芭在太平洋

釀造藤原的雙颱效應
我們只想擁一室的寧靜
讓茶與水混合恰當
釀造最好的香醇
釀造最美的甘甜

我們煮茶
一片片
一葉葉
一滴滴的煮
直到詩香浮溢
一壺的詩香
一室的詩香
在颱風夜

930830 於龍潭星墅海

我在銘傳山上讀詩

——記聯合文學全國文藝營新詩組

我
在銘傳山上
讀詩
讀山上的晨風
讀山下的晚霞

我
在銘傳山上
讀詩
讀
寶琴一襲的古典
讀
惠珊一襲的黑裳
和琉璃中觀音的禪

我
在銘傳山上
讀詩
讀
張毅人生的曲折
讀
立倫愛書的狂癡
讀
吳晟阿媽的鄉土
讀
智成未開發之謎

我
在銘傳山上
讀詩
讀
義芝的清淡樸實
讀

唐捐的負面詩學
讀
白靈詩的發展
讀
向陽 2003 詩選的掙扎

我
在銘傳山上
讀詩
讀
敏勇詩的窗口
讀
大為的決戰紫禁之巔
讀
鴻鴻另類詩話
讀
春去春又來蒼涼的美

我
在銘傳山上
讀詩
直到彩霞裝滿這山
我馱負彩霞下山
馱滿滿的
彩霞
返家
讀詩
讀滿屋的
詩

930821 於桃園

撫觸

撫每一絲秀髮
觸每一根音絃
請不要出聲
讓指尖盡情漫遊

據說巫山的雲特別濃
我徘徊在巫山之巔
吟唱巫山
讓雲濃濃圍繞
我笑李白的一日千里
不懂三峽的幽雅
我駕一葉扁舟
輕撫妳的美麗
幽幽地
光，微弱地鋪撒

一江的溫柔
我，貪婪地
一路吸吮
指尖在峰頂滑落
尋覓任何可彈的音符
釀一曲
屬妳的樂章

闔上眼簾
熄掉所有的光
把這一室的寧靜
留給妳我
讓指尖漫遊
悠悠地

930830

觀雨

雨
自紅瓦的屋簷上
垂落
我
掀開白紗簾落地的沉重
觀望
白牆上的濕潤
紅瓦邊的雨珠
曇花在陽台上侵占
一夏的夜晚
黃蟬用輕薄的羽翼呈負
天空墜落的鏃雨
還是學學石蓮花的厚實
浸潤在紅瓦之上
管它風
管它雨

雨
自紅瓦的屋簷上
垂落
我
放下白紗簾落地的沉重
盤坐席上
任雨叮咚於窗外
冥想
四月的花開
五月滿山的驚奇
海藍六月的波瀾
咖啡七月香甜中的苦澀
炙熱的八月
八月蟬聲的零落
這是怎樣的季節
這是下雨的季節
我不想雨

我只想
滿山的雪
在今年的五月
滿盒的咖啡凍
在去年的冬天

雨
自紅瓦的屋簷上
垂落
我
拭去白墻上的濕潤
我
關掉門外的雨
等待雨後
等待雨停
等待屋簷垂掛的最後一滴
雨珠

930904

恐怖份子

恐怖
恐怖
夠恐怖了
一身的黑
只露出雙眼
深不可測的雙眼
冷冷的雙眼
嗜人的雙眼
打從落地的一刻
就買了單程車票
向阿拉請命
執行所謂死亡任務
神風式的死亡任務
在一杯熱烈的清酒之後
神風而去

恐怖
恐怖
夠恐怖了
是學生　是警察
是女生　是男生
是教授　是工程師
是機師　是乘客
是郵差　是送貨員
是主婦　是路人
像千變的魔術
讓你無法透視
如電影的異形
到處存在
似傳說中的諜報員
就在你身邊
如你
如我
都是血肉之軀

但
它有金鋼的不轉變的
頭
它是執入固定程式的
戰士
夢想飛天
夢想當阿拉身旁的
戰士

恐怖
恐怖
夠恐怖了
自 911 雙子星炸毀後
煙灰中浮現的
撒旦
在阿富汗
在伊拉克
在印尼

在歐洲
在亞洲
在阿拉伯世界
在俄羅斯
展開炸彈的恐怖
要吞噬一群
相干或不相干的人
管你是大人小孩
管你是男人女人
管你是軍人平民
就是要燬滅
要燬滅
計劃性的
燬滅

恐怖
恐怖
夠恐怖了

黑一身的獸
掛滿炸彈
手持衝鋒槍
除了冷冷的雙眼
沒有阿拉的和平
沒有阿拉的愛
只有仇恨
家仇
國仇
族仇
私仇
千年難理的
仇
在瞳中
瞳中
掛滿了血絲
嗜血的血絲
獵物的驚恐

是它最大的滿足

一指按下
威風的黑衣女人
化為一聲巨響
震掉周圍哀嚎的空氣
一彈飛出
反悔的黑衣男人
倒地
驚嚇的小孩
倒地
求情的老人
倒地
體育館
成了煉獄
成了墳場
在爆炸和槍聲之後
那最恐怖的人

逃走了
說是要向阿拉報告
執行下一場的
「死亡任務」
尋找另一批的
「天堂死士」
表演下一場
更壯烈的
更血腥的
更撒旦的
戲碼

阿拉
一臉的疑惑
拼命尋找
尋找
當初遺落在地上的
可能經節

930914

【註】這是有感於在蘇俄南部北奧塞地亞自治共和國發生的恐怖份子；在一所學校劫持師生三天不吃不喝，最後在一場槍戰後；死傷數百人才結束的事件。我為那無辜的人的死傷感到痛心！於是寫了這詩。

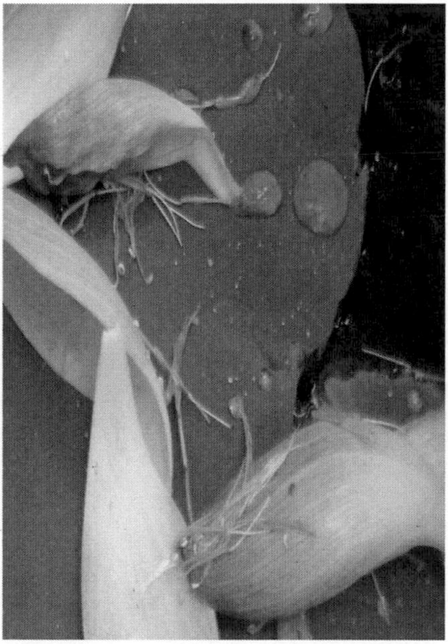

夜宴文華諸師並詩選發表

呼呼寒風窗外吹，
滾滾火鍋屋內炊。
貴美生日諸師慶，
蕭雲詩選新書隨。

930107

92年聞SARS疑病再起有感

去年煞死全球慌，
入冬疑煞人心惶！
自古瘟疫不曾斷！
侵擾自然引病殃。

930107

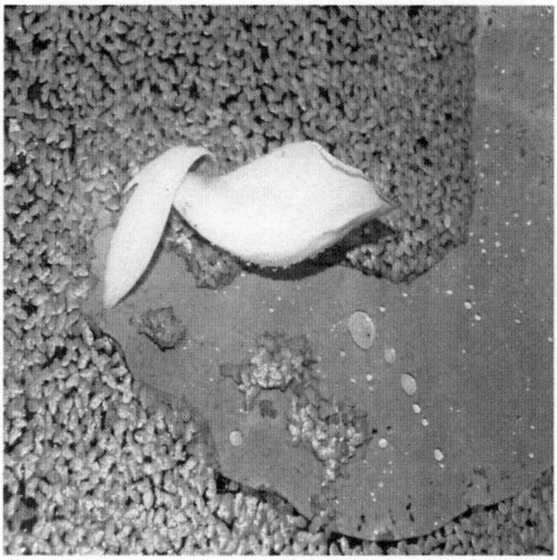

觀「末代武士」電影有感

勝元獨拒武士潮，
櫻花淚落義憤高！
明治維新血斑淚，
慈禧固舊終覆巢。

930131

癌症的春天

前言：這是一個真實的故事，每天都可能發生在你我身邊的故事。一個全家人抗癌的故事。對於癌症的無奈；醫學界至多就是化療和電療而已，但存活率都不高！於是身為癌症病患和他的家屬；在抗癌的過程中；都有一個令人鼻酸的泣血歷程。我在感動之餘；用詩的形式為故事中的每個人，及每個癌症的病患和家屬吶喊！希望醫學界能找到癌症的春天！

（一）序幕

種子依時萌發
草兒依時抽葉
花兒依時綻放
蝶蛹依時羽化
獨獨癌症病患
獨獨癌症病患
東　張
西　望
四處驚慌地
覓尋
尋覓
自己的
春天

（二）病房內

「我要活下去！
我要活下去！」

病人深深吶喊
「我要活下去！
我要活下去！」
癌魔深深吶喊
「我盡力而為！
但，我無法保證！」
醫生淡淡地回答
「我們祈求上蒼！
我們找尋奇蹟！」
家屬無助地合十默禱
其他的人
七　嘴
八　舌
尋不著半點交集
烏雲正在窗外蘊釀
陰霾
企圖遮掩所有的

瞳光
只有點滴
只有點滴
無聲地
點點滴滴在
血
管
中
培育
春天

（三）實驗室裡

沒人知道他的出生
沒人知道他的死亡
沒人知道他的歷史
沒人知道他的屬性
沒人知道就是
沒人知道

中醫
西醫
傳統醫學
民間醫學
西藏
印度
印地安
希臘
電子顯微鏡
電腦斷層掃描
解剖　化驗　培養
培養　化驗　解剖
找不到　找不到就是
找不到
「嘻！」
癌魔在實驗室裏
冷冷發笑

（四）科學會議上

惡核
瘻瘤
癰疽
腫瘤
絕症
癌症
「氣鬱、血阻、失養」
「放射線、電磁波、不均飲食」
「長期暴露在誘癌因子中」
「是細胞複製中的突變」
「是化學因子不正常的干擾」
「這」有可能
「那」有可能
找出致癌物質
找出抑癌物質
找出抗癌物質

找出來
找出來
這個要多
那個要少
這多　那少
這少　那多
自藍綠藻突變開始便存在
動植物軀體之中的
但
在基因圖錄裏還是
沒有答案
沒有答案
「突變是最大可能」
「嘻！」
癌魔在報告紙上
冷冷發笑

（五）在靈堂上

「爸，他們來看您了」
媳婦低沉地說
「伯父我們來晚了」
男子望著靈堂說
九座蓮花座
一百零八朵蓮花
兒媳們靜靜地摺著摺著
您靜靜地微笑微笑
「不發訃文，不必鋪張，
　要向曾經關心的人致謝！」
除了樸素的粉紅維幔外
門外　門內
啥都沒有
如您束髮投軍
自熱河踩到了台灣
赤手空拳

啥都沒有
除了對國家的「義」之外
「我要為您寫詩
　為您寫詩」
「寫詩？」
「寫
　一個小老百姓
　一個市井小民
　一位老榮民
抗癌的心情」
癌魔收斂了他
冷冷的獰笑

（六）八〇四的502號病房

日間
「緊急搶救！」
夜間
「緊急搶救！」

「搶救！」
「搶救！」
癌魔肆虐地擴張
地盤
喉部出口收斂了
左肩有新出口
　有膿
左頸又翻花了
　血管外露
喉部再翻花了
腐臭　膿臭
組織液四溢
會厭不靈
肺部浸潤
下肢消瘦
上身浮腫
發燒　昏迷

昏迷　發燒
插管
戴氧氣罩
「生命跡象微弱
　微弱　也許只有
　兩個月？」
「你們不知道那痛那苦
　只有病人知道！
　只有病人知道！」
病人拔去插管
拔去氧氣罩
「送加護病房！」
「快！快！快！」
「安寧條例？」
「安樂死？」
「我終於明白了！」
　家屬在憂鬱的眉上

深深刻劃
「只有家屬明白！
只有家屬明白！」
醫師
「……………」

（七）瘤與癌的戰爭

之1

攝護腺腫瘤
「開刀！」
又是攝護腺腫瘤
「開刀！」
「嗯！開刀真好！
乾淨！俐落！」
消炎藥　消炎藥
還是消炎藥

從此藥不離身
癌魔在不起眼的密地
悄悄複製後代

之2

「咦！你是誰？」
「我是你們兄弟！」
「兄弟？？
　那暗語是？」
「啊！」
白血球立即躺下
留下滿臉疑惑
在密地上
連個呻吟都沒有
「複製！」
「快點再複製！！」

「快點！」

之3

皮下開始隆起腫塊
一點點
一粒粒
從左頸開始
「沒事！
　沒事！」
老先生摸摸腫塊笑著說
一片片
一塊塊
從左到右
「好像不對勁！」
老先生急了
家屬們急了

急了
「那人的草藥有效！
　我們採藥去！」
草藥在燉鍋上煮
藥汁在老先生胃中分解
砧上的青草
是兒子的心
爐上的藥湯
是媳婦的意

之4

喉頭腫如雞蛋
腫如雞蛋
「開刀！」
送入手術房
「不能開刀！」

送出手術房
但！但？
這雞蛋上已劃上一刀
取樣
觀察
等待報告
「是癌症末期！
只有兩個月！」
醫師冷冷地說
「不如轉院！
到腫瘤中心！」
「微血管太多，
不能開刀！
不能放射治療！」
取樣
觀察
研究

沒有定論
消炎藥　止痛藥
一天天
一粒粒
入腹
「台北名中醫可治！」
「試試也罷！」
苦藥粉
一匙匙
入腹
三黃粉
一匙匙
外敷

之5

雞蛋破了

皮肉外翻
在甲狀腺上
腐肉層層外翻
撥落
組織液溢流滿胸
臭　痛　驚恐
在空氣中混雜
浮在媳婦的眉上
盪在老先生的心中
「是甲狀腺癌！」
「是甲狀腺癌！」
仙方活命飲
消腫散堅湯
還是沒啥進展
「咦！是伏而微脈！
　不是沉澀脈！
難道名醫錯辨？

許是病變了！」
「托裏消毒飲加入
歸脾湯加入
香砂六君子湯加入」
還是沒啥進展
「試用大陸甲狀腺癌藥方！」
「藥太苦了！
不吃！」
「要吃！」
「不吃！」
「要吃！」
「良藥苦口！」
「堅持不吃！」
「這：：：」
兒媳憂鬱的瞳上映著
老先生的固執與氣憤
「放射線治療去！」

「還是西醫簡單！」
「天啊！
　有這麼多癌症病患！」
驚恐寫在媳婦心中
老先生簽下同意書
「我有救了！」
老先生的笑容浮現
得意與希望
癌魔在同意書上
冷冷竊笑

之6

發燒　住院
「痛死我了！」
「這是第一個療程！」
翻口縮小

「好現象！好現象！」
補充體力　再加高蛋白
翻口再縮小
「老先生，中藥還是要吃！」
西醫師特別叮嚀
「好！好！」
「但中藥好苦好苦，
　知道嗎？
　苦得難以下嚥！」
老先生心底自語
「難得的媳婦！
　真是難得！」
劉醫師這般稱讚
小小ＭＡＲＣＨ
龍潭　　台北
龍潭　　林口
龍潭　　中壢

林口　　台北
只為一點點
一點點的
希望

之7

發燒　住院
「痛死我了！」
「這是第二療程！」
「啊！手腳不行了！」
「止痛劑加量，再加量！」
「哇！已到最高劑量！」
老先生手腳能動了
頸部翻口很小很小
頸肩部腫塊好大好大
左肩出膿翻口

「可能要開刀！」
「唉！無法開刀！」
雙腳消瘦
身長褥瘡
食慾不佳
便祕
痰不斷湧出
清痰
泡痰
核痰
上身浮腫
昏迷　急救
甦醒
昏迷　急救
甦醒
「我想活下去！
但恐來日不多！」

老先生囑咐家人
然後　闔眼　入
夢
夢往日輝煌
夢熱河的黃土　飛沙
夢建平的大麥　高梁
夢空軍儀隊的彩姿
夢自家後方的菜園
老先生露出難得的笑容
讓我在夢中
在夢中
切莫叫醒
切莫叫醒
讓我安靜地
作
夢

（八）尾聲

摺上一百零八朵蓮花
摺上九座蓮花座
摺上
摺上
都摺上
讓你在西天
遙遠的西天
西天
眼前的西天
西天
極樂的西天
作夢
作夢
沒人會打擾
真的
沒人會打擾

火
火
烈烈地
烈烈地
焚化
一百零八朵蓮花
焚化
九座蓮花座
焚化
一切的痛
癌魔驚慌了
癌魔驚慌了
在烈烈的大火中
哭泣
哭泣

（九）五指山上

山風

自五指山上拂過
山嵐
還橫在山腳
「爸！
一切的痛不再了
只是
癌症的春天
在那？
癌症的春天
在那？
在那呢？」
除了梵語
除了幡旗
除了嵐煙
除了風
只有靈台上　您
淺淺的微笑

「一切的痛
真的
不再了」

930821 於龍潭台北星墅海

聞禽流瘟疫有感

煞死才過狂牛來，
狂牛未來禽流乖。
百萬牛雞一夜覆，
變種嗜人堪傷哀。

930131

山櫻花

屋前一棵山櫻花，
植土五年始開花。
年來紅花三兩朵，
今春苞多滿樹花。

930131

【註】遷居龍潭台北星墅海，屋前植山櫻一株。鄰人謂：五年始開花。予疑之！果然，五年後始開花。然花疏。又三載，今春花仍不盛，但已滿樹花苞也。所謂櫻樹老枝開花，然也。

重編「湯頭歌訣」有感

對證對藥古聖言，
救人殺人一藥間。
神農嚐草因草逝，
湯頭在手生死天。

930501

【註】湯頭歌訣為清汪昂所編，係中藥之入門書。予感其書仍有不足，乃重編之。

菩薩蠻（填詞）——悼念李老先生少華

熱河平漠黃沙急，
五指嵐煙梵聲漫。
百八蓮花飛，
零九蓮座隨。
當年隨軍渡，
如今一身輕。
瑤池西天輝，
佑爾子孫瑰。

930815 於龍潭台北星墅海

艾利之後

——記桃園在艾利颱風之後的大缺水

超大雨量
一千公釐雨量
是艾利帶來的
氣象局說
石門水庫洩了
三個水庫水量
但
但
桃園地區沒水喝
在艾利之後

華衛二號空照
石門一片渾黃
土石流的演化
仍在山裡激烈進行

平鎮淨水廠曬著
數公尺厚的淤泥
我們沒水喝
在艾利之後

縣長急了
水利局急了
經濟部急了
水公司無法承諾
何時有水喝
我們不要口水
我們要乾淨的水
在艾利之後

石門水庫浮木滿滿
石門水庫渾水滿滿
取水口的淤泥滿滿
趕工

趕工
再趕工
日夜趕工
三月工程
六年召標
五天完工
趕死了工人
放出了渾水
還是喝不到水
在艾利之後

還是沒水喝
還是沒水喝
井水泉水溝水
池水河水礦泉水
都成了新寵
「有水嗎？
　那裡有水？」

是最流行的流行話
「腸胃炎！」
是最流行的流行病
唉！
肥了水商醫家
瘦了我們百姓
在艾利之後

已經八天了
還要等多久
沒人知道
十天
五天
三天
兩天
一天
水庫的水還是
渾渾噩噩

家裡的水還是
渾渾臭臭
不是沒水
是沒可喝的水
在艾利之後

又有超颱要來
這是怎的九月颱
水清　　　何時
是我們深鎖在眉頭的
疑問　　　天天
「問！
　就問天吧！」
在艾利之後
渴水
找水
取水
喝水

天天
930904

夢友人

一日不見三秋兮，
握別至今頻夢奇。
莫非姻緣前世定？
銀河兩岸恐無期！

930913

登富里六十石山

驅車百里縱谷行，
雲湧千朵山隨行。
欲覽秀姑山村色，
六十石山忘憂亭。

930923

【註】富里六十石山位富里之北，海岸山脈之麓，盛產金針花，花脆有清香，且久煮不爛，遠近馳名。

塞外別故友（擬古詩）

玉笛聲聲稀，
平漠黃砂急。
故友自茲去，
再會誰能期？

931029

柚子

那天
妳送來一粒柚子
圓潤而豐滿
沒有麻豆舞鶴的
凹凸尖挺
我把柚子放在
深咖啡的廚櫃上
輕輕地
我想靜靜
等候

它青澀的外皮
有我幼時的夢想
它青澀的裡層
有我童年的渴望
當皮上粒粒的柚香釋出

青澀的綠
不再堅持青澀
隨著粒粒的柚香
到處飛舞
我深聞柚香的幻
我輕吻橙黃的美
沙漏
在青澀與橙黃中
逐漸累積
沒人知曉也
沒人預測
這沙漏最終的顏色

我等候
靜靜地
等候橙黃的豐潤
等候橙黃的香甜
在柚香滿室時

在橙黃飽滿時
妳會再來
在深咖啡的廚櫃前
在昏黃的小燈下

931205 於中正國際機場

緣

——寫「青青河畔草」書後有感

有緣才相隨，
無緣莫怨尤！
分手隨他去，
天涯消遙遊！

931109

夢友人

中心一別無訊音，
昨夜入夢喜驚心！
賣場重逢擁吻淚，
無語又別情意深。

931201

拓印

——旅行的詩人

在旅行的地圖上
你我都是過客
我帶一支筆
蘸些詩墨
拓印
行旅者曾經的
影子

931208

寄東引二哥

東引諸島狀如山，
衛守家國枕戈眠。
多少波浪何驚懼！
雄雄輝耀赤州眼。

630223

惜春

風清花香春光好，
綠野平溪黃鶯繞。
和陽高照盡歡唱，
莫負良辰把人老。

630223

悲世

斜陽殘照
寒風驟起
竹聲呼嘯
月明雲掩
念天地之幽冥
獨喟然而淚下
「今月曾照古人心
今人難得古時月」

641023

雨中上學

昨夜雨落不覺曉，
今朝覺來因雨擾。
衣破苦撐上學去，
到校身濕好苦惱。

630502

訪友不遇

百日不見荒音跡，
歸程順訪卻不遇。
鬱鬱草木無人理，
料日再逢話舊語。
630724

鷹

曾聽說了你的雄姿
現近觀了你的威儀
你那
如鋼鐵的鉤喙
如機械的利爪
聲嘶高亮震耳
我木然嚇住了

許是遠古具有
瞳孔炯炯寒光
鼓翼翱翔於高空
悠悠傲視大地
速速滑落平原
片刻消逝無蹤

是孤獨的客子

具鋼烈的性格
雖擄擒於人手
猶不減英雄本色
凜冽的寒光
叫人無法輕視
凌雲的壯志
寫在豐實的雙翼上

鷹——禽中之禽呀
岩罅塑造你的鋼
藍天凝聚你的烈
勝敗不改你
威猛雄姿

鷹——禽中之禽呀
深山
幽谷
青天

浮雲
寫成你的
天空

651124
【註】於中台神學院前，見有人飼鷹，有感而作。

農忙即景

漫漫青煙橫山崗，
鼓鼓耕犁響田央。
幾聲雞犬破寂曉，
輕語農婦溪邊忙。
630802

開扉偶得

月至十五分外圓，
田蛙四響雨過天。
花葉無風凝珠露，
雞啼蟲鳴好人間。

630804

田園即景

野田半綠秧苗柔，
清風徐來苦瓜熟。
田邊茶點飯餘笑，
汗滴禾土寄豐收。
630805

一則遙遠的故事

七彩的虹橋戀於夏日的雨後
夕陽的輝煌眷於天邊的浮雲
獨獨我懷念東樓的春天
它
沒有紫禁城遙遠的蒼老
沒有玫瑰紅誘人的芳馨
但我懷念
我懷念
春天裏一個遙遠的故事
我不知如何去編織
還是寄給天河的雲鵲
讓雲鵲
編演彩虹的美麗
讓彩蝶
共舞鵲橋的璀璨

680418

西貢泣血

風雨激浪花，
古城滿愁夾。
日落暮色近，
何處可歸家。

640502

【註】越南內戰，南越敗北，有感而作。

夜思

夜深月明窗外風，
悵然獨踽空巷中。
古有李白憂遊夜，
離舟撈月一場空。

640521

掃墓——清明時偕媽掃阿公的墓，有感而作。

那轍痕
驚醒了荒野朝露的清夢
古老的故事從此說起
在這秀姑巒溪畔的荒野上
曾有舊的故事傳說
新的故事接續萌發
像這荒草
連綿
綿連

理去荒蕪
壓些冥紙
媽媽為我講些野火的故事
點數墓碑上褪色歷史
額角突然滑落
天上雨珠

離開溪畔
荒野裏
只有草尖的朝露
記憶
曾經的轍痕
曾經的聲影
680520

哀國民黨下台

五十年前泣神州，
五十年後插綠旗。
多少先賢當豪泣，
積弊未除堪再起？

890325

五月茉莉

五月的微風　吹響
窗前孤零的　風鈴
妳自堆砌層層的綠中
鑽出
仰起嬌嫩皎白的小臉
綻放清香
隨微風美化
五月的淒涼

680601

中醫檢落第有感

八年考醫路遙迢，
兩度差五心悲號！
五九中年難背記，
不如釋書自消遙。

910516

夢友人

夢如人生生如夢，
佳期已到猶輕鬆。
衣粧未理忽慌亂！
驚醒才知好夢中。

910522

掌

伸出無助的掌
欲呈負天空
陰霾窒息的雲
雲卻紛紛穿透掌心
沉落於冰凍大地
唉！僅剩的雁
也飛向聽說溫暖的南方
這孤獨乾瘦的
掌
終敵不住孤離的
寒
忽而崩裂
傾圮
僅揚起些微塵灰
混在寒沉沉的雲中
沒半句呻吟

731129

聞濁水溪清有感

黃河去年清，
濁水今年澄。
傳說若屬實，
蒼天疼民情！

920228

迎春曲

（一）

來來來
讓我們攜手一齊來
走走走
走向春日的朝陽
我們都是中國人
何必分你我
古老的歷史從頭說
古老的中國要安和
多少年來
多少爭戰
多少年來
多少離合
都因黃河渾不清
從此苦難起
到如今

旭日已東昇
春天在召喚
召喚古老的中國
需要你和我
呀
莫忘記
請快來
趕上迎春的行列

（二）

來來來
讓我們同心一齊來
走走走
走向春日的朝陽
我們都是中國人
何必分西東
古老的歷史從頭說
古老的中國要安和
多少聖賢

多少明訓
多少子民
多少希望
黃河有日像長江
從此歡笑來
到如今
旭日已東昇
春天在召喚
召喚古老的中國
需添新生命
呀
莫忘記
請快來
趕上迎春的行列
讓大地傳遍春聲

770809

北京五月學運有感

北京城裡五月風，
天安門前十月紅。
四十年前迎星入，
四十年後自由弘。
世事如棋難料明，
一夕風雨一朝晴。
百萬群眾心億萬，
猶若清帝遜位情。
長江萬里浪欲行，
順浪推舟萬里行。
自古天理永不變，
唯得民心萬年行。

780518

彩卷小販

晴天　佇立
雨天　佇立
陰天　佇立
冷天　佇立
我們佇立在臺灣銀行旁的街道上

車輪的聲音
喇叭的聲音
煞車的聲音

人潮的聲音
跑步的聲音
風沙的聲音
雨滴的聲音
我們熟悉得無法
忘記

晨光從樓房邊角昇起
臉頰的汗腺開始釀造
日晷在我們腳下
緩 緩 移 動 直到
晚霞在銀行頭頂
鋪張色彩
月光輕輕拭著我們臉頰

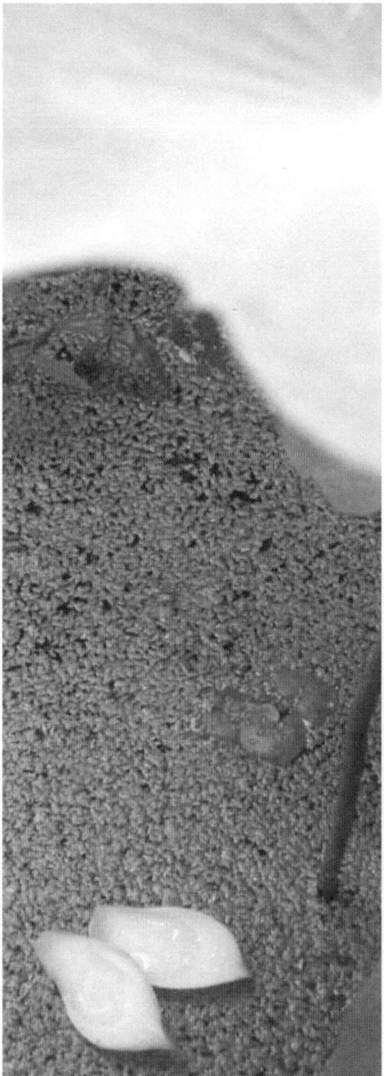

星光點燃購買者的希望
扶著拐杖
坐著輪椅
手中厚厚彩卷變少變空
是我們返家後擁眠的
夢

910504

冬日有感

今年天氣乖，
冬日開春花！
立冬日猶暖，
臘月始衣加。

921130

遊復興鄉小烏來風動石有感

——風動石傳奇

風動石動石動風動
風不動石動石不動風動
風動
石動
風不動石動
石不動風動
風也不動石也不動
汝心在動
汝心不動
風也不動石也不動
動從何來

起自於遠古的遠古
千年萬年百萬年千萬年
許是陸升之時
滾滾波濤大地動搖

漫漫岩漿竄流四處
滾落自高山而來
小憩於溪水之畔
天不動地不動
你從此屈立這溪畔方寸之地
守著永恆
守著臺灣從前現在未來
可曾是大巨人的遺物
可曾是小矮人的遺靈
八仙洞麒麟卑南石棺
十三行牛罵頭左鎮人
來來去去泰雅阿美凱達格蘭
前前後後三國隋唐宋元荷西
起起落落明鄭滿清日本民國
吵吵鬧鬧盡是人類匆促足跡

守著晚霞守著晨曦
山羌山豬山貓

雲豹黑熊梅花鹿百步蛇
藍鵲雉雞飛越茄苳樹梢
櫻花鉤吻鮭沉吟冰河之歌
你獨自憩於小溪之畔
一動也不動一語也不語
靜聽腳底清流任意喧嚷

920621 寫于臺北星墅海

賞菊有感

杜鵑三月啼，
今年與菊齊。
滿地黃花傲，
獨缺冷霜比。

921205

重遊金門

重遊金門
重遊這啞鈴般的海上仙山
重遊這曾經炮火漫天的前線戰地
重新拼湊二十多年前的記憶
在萬米的高空上
我染患「近鄉心情」

重遊金門
軍艦不是唯一交通工具
尚義機場不再冷冷清清
木麻黃依舊翠綠
水泥路上軍車不是唯一
遊覽車、計程車、轎車成為新寵
十字路上少了防空砲、偽裝網
少了憲兵，少了鐵絲柵欄
國家公園入侵了昔果山

白乳山、馬山、太武山
水鴨子、榴彈砲、山砲、坦克
都成了擺飾
納入遊客眼簾內的記憶
岸邊軍營空了
路邊碉堡圮了
真節牌坊的老街上
碰不到幾名阿兵哥
大陸水蜜桃、魚產品登上攤位
盤山村坑道
翟山坑道
九官坑道
水頭坑道
冷風依舊
海水依舊
多了吵雜人聲
少了暗黑中神秘的恐懼
八二三炮戰記念館

古寧頭戰史館
湖井頭戰史館
北山洋樓殘景
李將軍廟
沉靜傾訴當年槍林彈雨
昏天暗地的短兵嘶殺
雄獅堡
無頭部隊
水鬼摸哨
仍在導遊口中哀淒傳訴
站在浯江公園白砂上
夕陽拉長身影
海浪在幾公里外的天際
細數朱熹以來的故事

品著金門高粱的醇香
夜風自莒光樓拂過古銅的砲台
輕啟「近鄉情卻」的心扉

單打雙不打的砲彈
成了金品鋼刀的罕品
滿天傳單埋入砂中
馬家麵線
金門陶瓷
金門高粱
一條鞭藥酒
多種口味貢糖
大陸香菇
大陸干貝
大陸魚產
瘦了旅人皮包
滿了旅人行李

飲下金門高粱的濃烈
更換腦中金門的檔案
重新啟動
記憶容量——

滿載

921021 寫于中正二期航站

三一九

319
913
391
唉
到底是怎樣的數字
是六合彩的猜牌
是樂透彩的組合
是大樂透的明牌
是四星彩的電選號
不，不是
是魔術師手中的底牌
是催眠師遺忘的數字
是埃及法老臨終的咒語
不，都不是
是福爾摩莎上
一團剛出岫的疑雲

在319當晚浮起

319
319
美麗之島不再美麗
彩虹不再出現於雨後
除了藍
除了綠
便是遙遠的紅
壁壘在你的我的周圍
一塊一塊悄悄築起
除了壁壘內自私的天空
綠
成了這島唯一的顏色
綠
不再是活潑愉快
夢幻美麗的春
綠

滲入了黑
滲入了灰
滲入了憂鬱
滲入了仇恨
滲入了敵視
滲入了復仇
滲入了四百年的愁
太陽旗的幽靈
悄悄顯影
驚動了台海
驚動了太平洋
掀起了綠浪
強迫七彩的虹染浸
彩虹在天邊暗暗哭泣

319
319
美國的李昌鈺博士

本土的侯友宜局長
星夜苦思
地下工廠
土制手槍
以彈找槍
以槍找人
錄影帶尋人
澄清的澄清
可疑的沒消息
線索　線索
在那裡
福爾摩斯？
柯南？
真調會？
監察院？
唉
都沒個準
真相？

主嫌？
在那？

這大員的緣
只見苦悶
這大灣的緣
只見憂鬱
這凱達格蘭的情
不再跳躍
這福爾摩莎的讚譽
不再驚豔
唉！319
環枷式的319
謎咒式的319
造就一個
苦悶煩躁的2004年
誰能解開
誰能解開319的

密碼

931225

【註】94年六月，這起震驚全球的總統槍擊案找到了主嫌；是台南的陳義雄。但他早已死亡！看似已釐清案情，但沒主嫌的證詞和犯案的槍，只有合理的推案，疑雲並未消失！呂副總統也公開表示疑問？看樣子，這案子恐要列入台灣奇案了！

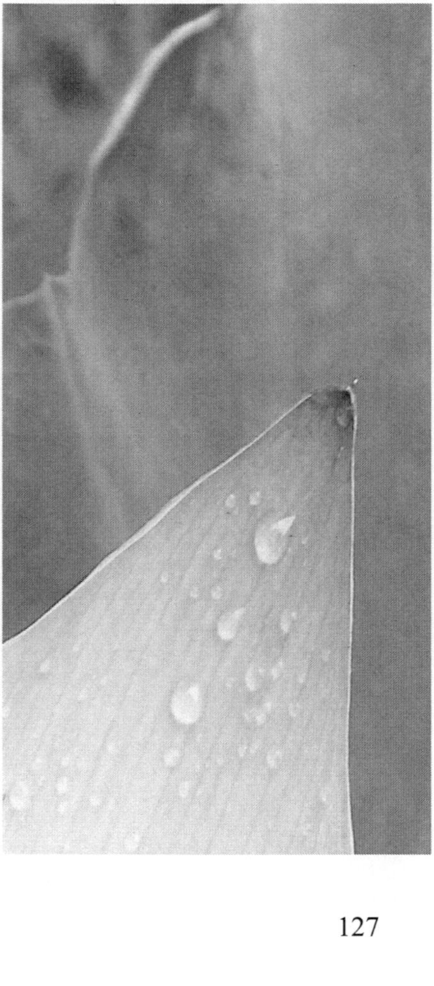

魂斷台海

——聞大陸偷渡女落海溺死有感

「九十二年十二月二十六日苗栗通宵海邊發現六名大陸偷渡女溺死二十名倖存舢舨駕駛王中興等人當天凌晨三點多為逃避海巡署追逐惡意驅趕二十六名大陸偷渡女子跳海逃竄其中六名女子溺死」

誰能想像
一個清純的少女
一個擁抱美夢的少女
卻在一個暗夜的掙扎後
看不到她就要盼到的
黎明
緊握的雙手中
只握住海水的冰冷

大大的雙眼裡
含著憤恨與怨的淚
一臉的稚情
無語
海風為她揚起
一陣陣不捨的哭泣

「台灣錢淹腳目」
四百年來　不
該是千年而來
這美麗的福爾摩莎
就持續上演這戲碼
那淺淺的海溝裡埋葬
一個個織夢而來的
掏金客
狂風
暴雨
嚴刑

酷法
阻不斷這黃金之路
「餌魚」
「放生」
「種芋」
嚇不了一波波人潮
「偷渡客」
曾是香港苦惱的詞句
現在
成了台灣的新聞名詞

「這是殺人罪！」
蔡英文發出同為女人的
怒吼
船老大判了死刑
兩岸的政治口水
仍未乾過
六位冰冷的少女

還在暗夜
還在外海
冷冷地哭泣
持續編織那未完的
福爾摩莎之夢

「台灣錢淹腳目」
唉！
「台灣水淹鼻孔」

931225

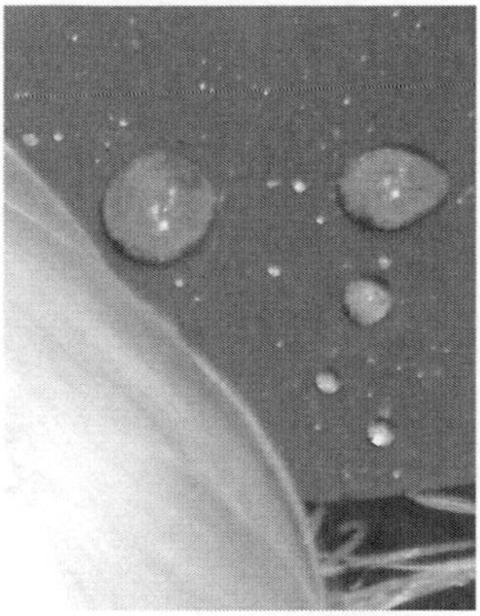

閱報——記南亞大海嘯

（一）

亞特蘭提斯的惡夢
只是遙遠遙遠的希臘傳說
萬年之後
惡夢重演
在南亞
在印尼蘇門答臘
九級海底強震
群島西南位移三十六公尺
地軸搖動
日短百萬分之三秒
千里之外
十二國受殃
十多萬人死亡
無數人失蹤
百萬人無家可歸

都在這天
民國 93 年西元 2004 年
12 月 26 日下午
一場大海嘯的肆虐
（二）
陽光在南印度洋上
豔麗動人
吉普島檳城的椰林
婆娑婀娜
馬爾地夫的海
藍得令人迷戀
金色的沙灘
密佈著遊客蹤跡
衝浪板海上摩托車橫過
一波波的碧濤
這是一個迷人的下午
和風
吹在古銅的皮膚上

吹在歡愉的笑臉上
吹出熱帶獨特的熱情

（三）

不是退潮時分
海岸線退得很遠很遠
連魚都來不及隨行
裸露的海底
成了遊客的寶藏
不久
歡呼的驚奇變成
奪命狂奔的驚叫
鋪天蓋地的水牆
十公尺高的巨浪
迎岸壓頂撲來
颼颼冷風響在耳邊
滾滾浪花追著腳跟
像極度饑餓的
狼群

豹群
虎群
獅群
張開大嘴
瘋狂地追逐吞噬
驚慌尖叫四處狂奔的
人群
血濺染了浪花
海平面瞬間消失
海岸椰林渡假村
漁船遊艇汽車
屋頂櫥櫃門板
隨著人
隨著魚
無助地浮浮沉沉
才十分鐘
才十分鐘
驚慌尖叫的哭聲不再

海水不再豔藍
海嘯吞噬了一切
一地的
爛泥
亂屋
廢車
傢俱
漁船
動物屍
魚屍
人屍
狼藉
小女孩呆在椰樹之頂
無語
這是沙灘唯一的
風景

（四）
亞特蘭提斯的惡夢

只是遙遠遙遠的希臘傳說
南亞的大海嘯
是當年的亞特蘭提斯？
我顫慄地闔上報紙
為罹難的人們
合十默禱
窗外的陽光一樣璀璨
南亞的天空呢？
古事！
今事？
今事！
古事？
唉！

931231

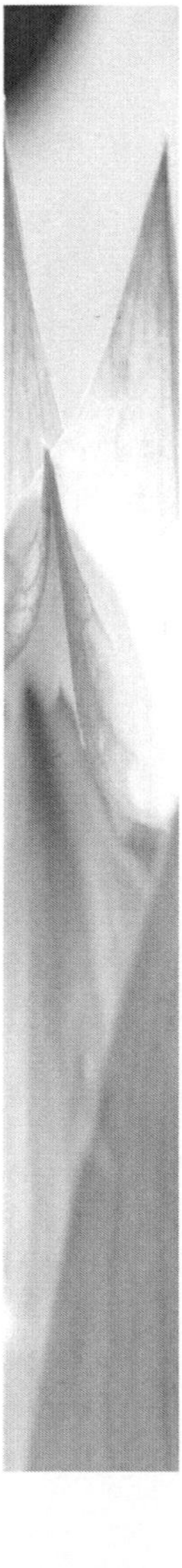

孤鳥

沒有人想當一隻孤鳥
一隻在曠野高飛的鳥
南飛曾是群雁的目標
如今
孤鳥成了唯一
莫非地磁偏了方向
只是沒人懷疑
縱然眼下的景物不再熟悉
只要水草豐足
南飛並非唯一的必要
孤鳥
還是離群孤獨吧
飛往曾經熟悉的南方
孤鳥
孤鳥
哈哈

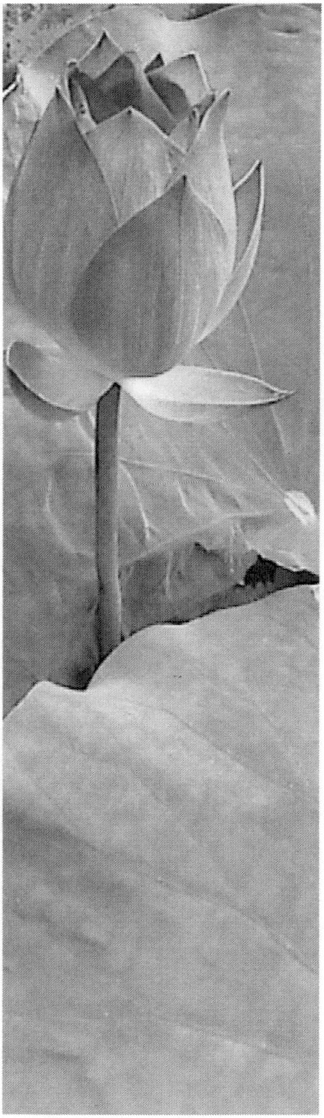

笨鳥一隻
笨鳥兩隻
曠野的孤獨
是你忠實的宿命
屈原會在汨羅江畔
為你吟唱九歌

931231

【註】聞民進黨員沈富雄、林濁水，因提忠告被黨內圍剿有感。

同學會

翠谷握別十八年，
六福相聚九四年。
音容未改蒼髮見，
飯熱席暖笑當年。

940105

【註】94年元旦參加世新夜圖同學會於六福客棧，共十八位同學參加。
這是畢業後第一次同學會。

「風中之葉」讀後感

我撿拾一葉蒼涼
在眾山之巔
Morrison
新高山
玉山
一樣雪白
Formosa
大灣
大員
不再蒼翠
Zeelandia 城門前的潮水
只聽見車潮和人潮的熙攘
追想曲的哀怨深深鏤刻
在 Provintia 古堡的磚牆之內
僅存的一片王城
紅磚緊密地與垂掛的老榕樹

纏綿
海風空洞地吹響
四百年來的鹹與濕

我撿拾一葉蒼涼
在海河之內
新港語不再傳述
荷蘭人的戀情
國姓爺的船藩
遍佈大灣
福爾摩莎依舊美麗
承天府的繁華
只剩雲煙
在這反反覆覆的路徑上
見不到快樂的人
羅漢腳
唐山客
客家人

平埔蕃
高山蕃
湘軍
淮軍
法軍
英軍
日本皇軍
英商
美商
唐景崧劉永福
短命的台灣民主國
交織成
這蕞爾的風中之葉的迷離

風中之葉
風中之葉
還飄零在太平洋之西
我撿拾這葉的蒼涼

我撿拾這葉的無奈
Formosa
能再躍起驚嘆？
福爾摩莎
能再喚回美麗？
唉
我想拭去這葉的孤獨
我想拭去這葉的零亂
我想拭去這葉的蒼涼
我想拭去這葉的驚慌
讓風中之葉
不再飄零於風中

940122

【註】「風中之葉──福爾摩沙見聞錄」係荷蘭古董商蘭伯特（Lambert van der Aalsvoort）著；林金源譯；經典雜誌出版之書。這書搜集從十六世紀到十九世紀日本剛據台止，當時外國人記錄有關台灣的資料。有風情有史事及更多的圖片、插圖，十分真實地反應當時的人與事和觀點，可擴大人們更正確的認識曾經的台灣。

詩中我將「沙」改為「莎」，這「莎」的音譯比「沙」更貼近美麗的「福爾摩莎」。

Zeelandia 為「熱蘭遮城」原名。

Provintia 為「普羅民遮城」原名。

Morrison 為「玉山」原名。

Formosa 為「臺灣」在當時外人的普遍稱呼，中國人以「大員」「大灣」稱當時的台南，也通稱臺灣地區。

夢裏後山

在夢裏
我飛入群山環繞的花東縱谷
黃澄澄隨風飄逸的油菜花田
清澈澈隨地彎曲的秀姑巒溪
是我童年不滅的記憶
我乘捲湧不斷的白雲
徜徉在中央海岸兩山之間

在夢裏
我飛入迤邐壯麗的花東海岸
藍湛湛浩瀚無際的海洋
綠油油蜿蜒曲折的海岸
是我少年不滅的記憶
我乘張滿季風的帆船
泛遊在太平洋的碧濤之上

億萬年的歲月
造就太魯閣的雄偉和瑰麗
金瓜石玫瑰石藍寶石
急凍當年激情的美麗容顏
我輕輕撫讀五千年的褶帶
先陶長濱麒麟卑南靜浦
錯雜在巨石板棺單石映象中
掃叭石柱公埔石牌八仙山洞
傳唱阿美泰雅排灣平埔太魯閣
原住民和卑南王的悠遠故事

讓我品嚐小米露渾濁的香醇
讓我舞一曲豐年祭的狂熱
讓我跳一支打耳祭的英武
讓我聽聽延平遺世的八部合音
那迴盪在鬱鬱縱谷中的渾厚
迴盪在我洄瀾聽潮的夢裏

940201 於桃園

妳來的午後

那天妳曾來過
在機場霧散忙碌的午後
我握住妳手
陽光展露在航廈的帷幕上
為春寒的抖峭加溫

那天妳曾來過
在機場霧散忙碌的午後
妳望著我眼
彩虹浮現在妳我瞳中
為美麗增添色彩

出入境前的腳蹤忙亂
涮涮鍋裏的熱煙輕騰
蝦和蚵的甘甜
在妳我舌尖品嚐

維也納咖啡和黑森林的濃醇
在妳我心中交融

我握住妳手
妳望著我眼
在那天的午後
妳來的午後

940213 於中正二期航廈

如夢令（填詞）

日月潭畔春紅，
乳孤山上霧濃。
五月亂飛雪，
七月尋覓無蹤！
無蹤，
無蹤，
窗前猶盼鴻蹤！

940213 於龍潭台北星墅海

【註】五、六月時，桐花開遍山頭，雪白如雪。於是，稱桐花為「五月雪」。政府還為之辦「桐花季」。

送花，情人節

送妳一束玫瑰
一束粉紅的玫瑰花
在情人節的夜晚
層層晶透的花瓣包裹
妳我嬌嫩的蕾心等待
含苞後綻放的芳香

送妳一束姬百合
一束純白的姬百合花
在情人節的夜晚
微微綻放的花瓣展露
妳我封藏的蕾心等待
綻放後舒展的亮麗

在情人節的夜晚
送妳玫瑰和姬百合

在白紗的圍繞中
點綴豔黃
在妳悸動的眼簾中
擁抱我所有的夢囈

940223 於龍潭台北星墅海

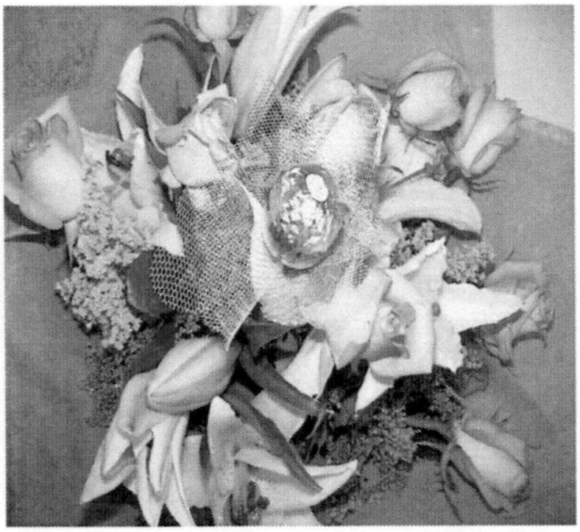

讀洛夫長詩書「漂木」有感

漂木
只不過是一根漂流木罷了

漂木
漂過千年
漂過百年
漂過十年
漂過千里
漂過百里
漂過十里
還在漂流
漂往未來的時光
漂向不知的航程
直到最末的一天
直到最後的一程
停止漂流

漂木

只不過是一根漂流木罷了
是河流氾濫後千萬根中的
一根
不是檜木松木
不是柏木樟木紅豆衫
只是一根
沒人想撈的一根
普普通通的一根
漂流木
漂過大河
漂過大海
泊過大洲
泊過人類曾經的行蹤
泊得千瘡百孔後
在荒墟中的一根

停棲著，還會呼吸
還在淌血，還能說話的
漂木

漂木
只不過是一根漂流木罷了

是嗎
我打從你垂闔的面前行過
數算了佛珠三千遍
如是我聽
如是我聞
如是我說
如是……

940301 於桃園

【註】洛夫新著長詩書「漂木」，全詩稱三千行。

春後飛雪

元宵燈落天邊雷，
千米山頭雪紛飛。
冰垂屋簷霜滿地，
疑身北國夢裡飛！

940307 於歷史博物館忘言軒

讀「勁寒梅香」有感

兩岸會辜汪，
全球揚工商。
落日空竹動，
風寒勁梅香！

940311 於桃園

【註】「勁寒梅香」一書系記錄辜振甫的一生，並略述其家族。書名為辜老自題，惜出版前辜老已逝！

慈湖謁靈有感

松孤竹直滿徑楓，
梅綠桂香杜鵑紅。
若問蔣家身後事？
湖中天鵝任雨風！

940418

開鎖

——記國民黨主席連戰的大陸和平之旅

一只鎖
鎖盡台海的波瀾
一只鎖
鎖盡台海的冰寒
我為開鎖而來

鎖的西腳
鎖入了兵荒馬亂的倉皇
鎖的東腳
鎖入了天皇詔書的無奈
我為開鎖而來

鏽了的鎖
僵了的鎖
我為掃六十年的厚塵而來

厚塵在生鏽的鎖孔深處
潤滑的油
只能在浮塵之外遊戲

旗幟　　替　　國旗
棍棒　盾□警　礦泉水瓶
關刀　　代　　鞭炮
彈珠　　役　　雞蛋
拳頭　牌□察　甘蔗
演講　　男　　叫罵

演一齣荊軻當年的壯烈
在國門之內
在光亮的花崗石板上
在記者的攝影機前
塗鴉一幅
藍與綠的
黑與紅的
超級抽象抽象畫

這最最最最血腥的送行禮
在遊客數位相機中
記滿台式民主的問號

中山陵上湧滿熱潮
總統府內輕撫舊塵
北大校園中為油劑催化
一滴細微的油
一滴混著淚與血的油
西安古城裏我尋訪純樸的真
這最最最最絢爛的迎接禮
在全球的媒體上
貼滿華式獨裁的問號

鎖
鎖了六十年的鎖
終究要開
誰開？別問了

當第一滴油滴下後
鎖
鎖了六十年的鎖
終究要開
何時？別問了
當第一滴油滴下後

我擲出一把舊鎖
在台海的高空中
我打造一把新鎖
在人民大會堂上
把深深的鏽
把厚厚的塵
埋進台海的深溝
為冷空氣注入暖流
為鎖加一點點的油
我為開鎖而來

940502 於桃園

讀「六祖壇經箋註」

聽說梁皇舉國事佛
動不了一葦渡江的達摩
武當山上面壁的印痕
渡不了梁皇瀛台的命運
菩提？般若？
般若？菩提？
疑惑掛滿一臉
在梁皇撲地時
「唉！
　曹溪的寶林，怎在朕
數百年之後？」

明鏡拂塵
無物拂誰
從此定了南北兩宗
達摩渡了蘄州獦獠

數盡千萬恆砂
波羅蜜的般若
卻在恆砂之外
唸盡千萬梵語
菩提的般若
卻在拈花的微笑中

看林是林
看山非山
風動鈴響
幡動心動
禪坐禪悟
傳燈傳心
千年暗室
一燈盡除
萬卷經書
但問有無
摩訶的般若

不在字裡行間茗賞
波羅蜜的般若
只在普渡後的了悟

在山中看林
在林中見山
在此岸眺恆河彼岸
在彼岸望恆河此岸
我擺渡在恆河之中
我擺渡在曹溪之中
撿拾一粒恆砂
找尋大千的般若
點燃一束檀香
找尋心經的般若
我撥開流砂
我撥開嫋煙
觸探
摩訶般若波羅蜜多

菩提樹下的微笑
非關浩瀚恆砂
南廊壁上的代筆
非關浩瀚佛典
非關多少山
非關多少林
非關多少舍利子
非關袈裟樸華
非關梵唱幾遍

我
吹散壇煙
我
走出恆砂

940514 於龍潭

【註一】「六祖壇經」係中國禪宗六世祖惠能大師之講經錄。
【註二】「摩訶般若波羅蜜多」為古印度語，意思是渡到彼岸的大智大慧。

賀根菊吾友新居落成

王香滿室新居環，
根深葉茂子孫賢。
菊開金黃松竹翠，
梅綻枝頭不覺寒。

940608 於龍潭台北星墅海

走過三個世紀的傳奇

——記世紀蔣宋美齡文物展

當曼哈頓公寓裡最後一盞燈
熄掉後
書桌上零落
玫瑰最後一瓣的璀璨
十月的窗外
飄著些些寒意

士林官邸景色依舊
畫板上停留
她最後的一眼橫波
繁華
在銅製的結婚賀盾上
燃起
一個個泛黑生綠的勳章上
述說曾經的輝煌

簽名簿上還存留
一個個名人的墨跡
除了名人的簽名
十行紙的簽名簿不如
現代的簽名綢亮眼
一件件略帶變化的旗袍
張顯不出傳說中的奢華
只有重播的國會演說
純純的南美口音
迴盪在小小視廳間裡
迴盪在二年級七年級的
眼前
耳中
腦裡

「一切交給上帝，
　不必多說甚麼！」
中正紀念堂前的「老幹新枝」

成了最後的絕響
一百零六個春天
一百零六個驚嘆
一百零六個傳說
都在曼哈頓公寓裡
隨微微的燈火
熄了
靜靜地
驚不著太平洋之西
福爾摩莎半點漣漪

在士林官邸起居室的空曠中
我輕輕遙想
「夫人」曾經的身影
一位走過三個世紀的
「永遠的第一夫人」

931202

文之葉

前言：又將是滿地紅花之季，我顫動著筆尖，寫下屬於鳳凰季節的另一寄語，不是楚楚賦別的詩歌，而是個夢——六月夕陽的夢！

六月夕陽的夢

是個晴朗的傍晚，風徐徐地吹起，帶來幾分清爽。那滿空的彩霞，更沉醉了大地。在花崗山上的人們，為消散整日的炎悶，有的提著椅子攜把扇子；三五成群的到美齡公園乘涼，顯得一片清閒和樂。瑞和玲這時也剛從學校歸來，

「今天夕陽多美啊！瑞，」玲首先說。

「的確很美，玲，我喜歡欣賞的就是這彩霞滿空的夕陽。妳知道嗎？台灣那兒的夕陽最出名！」瑞問道。

「嗯！」玲沉思片刻後笑著說。

「是不是淡水夕照的淡水河？」

「是的。」

「其實，今天的夕陽也很美，相信不會比淡水差！」

瑞望望天際然後回答。

「不差，一點也不差，送它個名字叫花蓮落霞如何！」

「嗯，真有畫意。」

說完，不覺相對笑了──輕輕地，忽然頭頂上飄落一瓣鳳凰花，玲蹲下身去拾那一瓣落花，

「啊！滿地竟是鮮紅的花瓣，可愛極了。」玲回望瑞欣喜的說著。

「瞧！妳那兩面紅潤潤的臉；比起鳳凰花更鮮，比起夕陽還紅，還可愛！」

「好了，你別開人家的玩笑，走吧！我們到菁華橋去。」

玲未等瑞的回話便向橋頭奔馳，那黑色的裙子和白色的上衣；及學生型的短髮在微風中飄盪著，顯得隔外天真活潑。瑞微微的笑了，然後隨她向橋頭走去。

這是座皙白的橋，細細長長的橫跨兩岸，專讓人們通行。它沒有中正橋和中山橋上車輛及行人的熙攘，它比它們平靜多了。當人們走到橋上時，總是自然的放慢了步伐，或佇留於橋上俯視碧藍的流水和盪搖的船艇，或是仰望山頭上的浮雲，真是一派幽閒。

「瑞，你看那裡有三兩艘泛艇，悠哉的划著，好不消遙！」玲一面指著泛艇；一面向瑞喊著。瑞跑前來，往玲手指的方向看。

「玲，妳羨慕嗎？」

「羨慕，羨慕極了！」

「聽說上古伏義時代的人都很消遙，妳看過老莊的書嗎？」

「沒有。」

「莊子就是主張消遙的人生觀，而他本人更是個樂天的人。有個故事述說他死前的遺言，他說他希望死後；他的門生不要將他置於棺木中，而要放到淒荒的山頂上，好叫他看見青天且與星宿悠遊。」

「真是個怪人！」

「說的也是，但他的哲學我倒蠻欣賞的，只是玄奧了些！」

「原來如此，難怪你每次寫信給我，總是談到天啦地啦的，令我很費理解！」

「其實，我也如此，但我不是曾經告訴妳嗎？『愛上了太空，或宇宙間的萬物，遠比世界上的金銀財寶、名利官爵來得寶貴……我們只要將心志擺到宇宙太空間。』而老莊不也就是要人敞開胸懷嗎？」

「嗯！真有道理，難怪他的哲學到今天仍有不少人在研究！」說著，忽然一陣涼風輕輕地吹著，竹叢沙沙地發出清脆的笑聲。玲用右手掠下被吹散的秀髮，高興地說：

「瑞，你聽那竹葉輕輕的笑聲！」

……

「嗯！如水般的輕盈可愛，妳說是嗎？」玲點點頭向水面上的倒影微哂，本來是座堅實的橋，但倒映在水面的卻是那般的輕柔；真叫人難以置信！

「你知道靜有多美？」玲似有所得的回頭向瑞輕輕地說著。

「靜有多美？」瑞反問玲。

「讓我告訴你，在靜的世界裡；萬物充滿著蓬勃的生氣，沒有恨沒有怨；更沒有詐沒有仇。若你也置身其中，相信你會驀然地對生命產生好奇而去珍惜；對人生的前程抱著更大的希望，而對所經過的歷程有種省思！」

聽了後，瑞的嘴邊泛起了有所感受的笑意，指著眼前青蔥的竹叢說：

「妳看那棵黛綠的竹子，竹下的小草及蔓生在枝葉上的牽牛花。假若我們不發現它們；它們就不在我們的意識裡，但它仍寂靜地佇立在那兒，盡著它的生命意識生長茁大，並不會因之懷憂。但假若有個畫家或詩人或哲學家在此經過發現了它的存在，那麼它可能成為一幅不朽的名畫，或一篇雋永的詩篇，一句引人深思的哲理。而當妳看了畫讀了詩領悟了哲理時，它們或許已經不存在了，但它們始終靜靜地享受大自然所給與的生命，盡力發出它們的本能！」剛說完，一隻黃綠色的小鳥飛到竹枝上東跳西跳；且拉著牠美好的嗓子。

「玲！」

「哦！甚麼事？」玲在靜靜的賞竹中被喚醒。瑞看她那被喚醒後驚惶的臉容，不覺地笑了。

「好了，我們走吧！到海邊去看海。」

走著走著，越過海濱公園到海灘上。這時有三五成群的人蹲著撿拾石子，還有一些小孩戲逐著海岸的浪花；或奔或躍顯得既天真又浪漫。

「玲，妳看那群小孩多可愛喲！」

「嗯！假若我們今天還是小孩子，那該多好！整日蹦蹦跳跳的沒一點塵囂的煩憂。聽聽爸媽阿公阿婆或鄰居的叔叔伯伯講古，使我們對古代產生許多愛慕之心。你可曾聽說過嗎？七夕時在銀河上會有群鵲集成一座長虹橋，讓漂亮的織女和忠厚的牛郎相會，好傾訴在一年裡孤寂的心曲？聽說當夜午時會紛紛地落雨，而那雨是他們離別的眼淚！」

「對，我也曾聽說過，那是段很古老又很美的傳說。當時我還做了夢，夢見我爬上一條長梯爬到很高很高的地方，月亮和星星就在我的頭頂上，只要再爬上一步便可登上。但我忽然回頭一望，只看見綠的一片藍的一片，看不到我的家！使我驚恐得兩腳戰慄不已，就這樣我摔了下來……。」

「摔下來後有沒有受傷？」玲急促的問，瑞繼續的說：

「摔下時，我就驚醒了。而我爸爸卻叱責我不好好的睡，在靜夜裡鬼叫甚麼！」

「真驚險的夢！」

「我常幻想天空中的星星、月亮、太陽，還有耳邊許多古老的傳說。」

「童年……」玲，思索的說著：

童年，童年就如詩頁般的燦爛，如輕風般的快活，又如流水般的清澈。童年是個畢生難忘的回憶，而每個人對於童年都有著無限的惦眷。不論那是苦還是樂，回憶起來總覺得萬般的甘甜！

「玲，妳瞧！在那石礫上有些人提著籃筐蹲俯著撿石子。」玲看了看，瑞又接著說：

「聽說撿來的石子可以賣呢！唉！這就是生活，自古以來人們便在生活圈裡打轉，磨去了青春又輾著老年。無奈這恐怕是自古以來人們的低嘆！」

話畢，兩人不禁垂下頭來；默默地為世人禱求……。

海浪一陣陣地打來，潤濕了他們的腳底。忽然，一群海鳥吱吱地劃過天際。

「假若一個人生活有著理想有著目標，那麼他必不必為無奈的生活低嘆了！」玲掠了一下飄在眉前的髮絲，仰著臉向瑞說。

「對，妳說的很對，只要是有目標有理想的生活；必然會多彩多姿，也會對生活更加熱愛。以前我曾看過李查・巴哈的天地一沙鷗，其中所描述的那隻若納生・黎明斯東便是隻不被生活給拘束而努力飛翔——為著理想；飛向高空俯臥海面的海鷗。牠不只追求掠些海船所遺棄的麵包，還追求一種如何飛得更快且更高的飛行方式。」

「嗯，是的，人們也要如此追求，如何飛得更快更高。對了，你愛海嗎？」

「愛！」瑞毫不猶豫的答道。

「你愛它的：：。」玲還未說完，瑞便回答：

「我愛它那波濤洶湧，愛它那種堅毅且又寬宏的心志，愛它的恆久與不滅。」

「但海在情人的眼中卻是柔情萬縷般的細緻，你相信智者樂山仁者樂水嗎？」

「相信！」

瑞接著又說：

「因為山與水代表著自然，而一個愛好自然者，必有寬廣的胸襟和仁慈的心。況且在自然界中蘊育著無窮的律理，只要我們能去深思去研究；當我們頓悟了律理時，相信那將是永久安樂和詳的心湖。海在情人的視野裡都化為美的詩篇，但假若愛僅限於一對一的男女之愛，那未免太狹窄了！我們還要有對國家、對社會、對全民族的愛，玲，妳說是嗎？」

「但很可嘆的，現在有些青年男女對愛的觀念似乎比所說的愛更為狹小，簡直就如行屍走肉般，難道這就是現今人類的愛嗎？唉！進步的現在，所謂先進的社會，恐怕有人會誤為是摒除一切固有的傳統；才可列入先進的地位！」

話後，沉默了許久，玲從衣袋內掏出一朵鳳凰花。

「瑞，你看這朵鳳凰花叫人多傷心，每當它盛開滿山時，便燃起了楚楚的離歌聲！」

「玲，那麼就把它擲給了海吧！讓海浪載走那楚楚的離歌聲，讓它漂流；漂流到遙遠的地方！」

說完，玲便把那朵方才拾起的鳳凰花擲到逐岸的波浪上，接著花兒隨著一陣陣的波浪漸漸地消失於一片蒼茫的碧海中。忽然，玲感到一陣的恐慌，緊靠在瑞的身旁。

「怕嗎！是寂寞嗎？」瑞慰撫她，又以輕輕的語氣問道：

「是的，你看那朵花兒已失落於碧藍的汪洋中，怎不令人感到無限的孤單和寂寞呢？」

兩人注視著眼前的碧海和變了色的浮雲，良久，良久，瑞才說話：

「玲，我們該回家了，妳瞧！黃昏的星兒已露，暮色垂沉，海的那邊也顯露了點點的歸舟，相信他們必有豐滿的收獲！」

「祝福他們！」兩人同聲輕輕地向天空說著。

……

不久，踏沙的足跡漸長了，人影也遠了。

海浪仍不斷地逐著海浪，那雪白的泡沫漫鋪於沙灘上，海鳥三三兩兩的棲落在留下的腳跡上，海岸又恢復往常的空曠。

6505 於花蓮

寒假讀書劄記

歲末寒冬，余得假二週，乃返鄉與家人共春節團圓之歡。家居山麓，前為中央山脈，後則海岸山脈，實居谷中。因連日霪雨不開，白雲浮山，或朦朧之，或明顯之，堪為勝景。故余常自語：每居故鄉，則塵囂淨矣！坐看雲山，則如神仙飄飄矣！

居鄉多閒，乃理書櫃，翻閱舊籍。手稿年雖久矣，閱之猶新者然。且以詩著所得最多，勤奮亦深，蓋余好詩也！

詩也者，朱子以為教也。蓋詩者，人心之感物，而形於言之餘也。心之感有邪正，故言之於形，有是非，惟聖人在上，則其所感者無不正。而其言皆足以為教，其或感之之雜，而所發不能無可擇者，則上之人必思所以自反。而因有以勸懲之，是亦所以為教也。又謂詩之作，人生而靜天之性也，感於物而動性之欲也。夫既有欲矣，則不能無思。既有思矣，則不能無言。既有言矣，則言之所不能盡，而發於咨嗟詠嘆之餘者，必有自然之音響節族而不能已焉。然則余以為詩者和也，蓋以詩教則民風雅正，民風雅正，則民和。又以為詩之作者心也。子曰：「詩三百，一言以敝之，曰思無邪。」無邪者，心之樸正也。故曰：「民和則詩心生焉，詩心生則民無貴賤，國無強弱，族無黑白，天地與我並焉。是以莊子之悠遊天地。

墨子之摩頂放踵。老子之戒剛無爭。孔子不遇，則周遊列國，困陳而樂樂。顏回居陋巷而不改其樂。青蓮之辱高力士，遠翰林而沽酒江湖。子美遭流離，猶能乎詩。淵明賦歸園以明志。子厚困極而文名百世。此皆詩心之所發也。然千百年而下，或困而怨，或顯而驕，而失其赤子之心者比比皆是，良足痛哉！環顧今世，亞歐似比鄰，大地猶若彈丸，懸乎蒼茫。天際無窮，何止千萬光年，居地之微，孰可奪爭！竟爭之不休，使禍不止。嗚呼！爭則不和，不和則詩心失之矣。詩心既失，人慾橫流，無節則禍亂不盡。眾生何可得一日之寧靜哉！君子知之？是故，余謂詩者和也，詩之作者心也。人之欲和，貴詩心之發，詩心既發，四海乃一家也。」

為文至此，天地齊心，何可得乎？何可失乎？無可得乎？無可失乎也已矣！

斯為歸鄉讀書所悟，強曰劄記。

71於世新

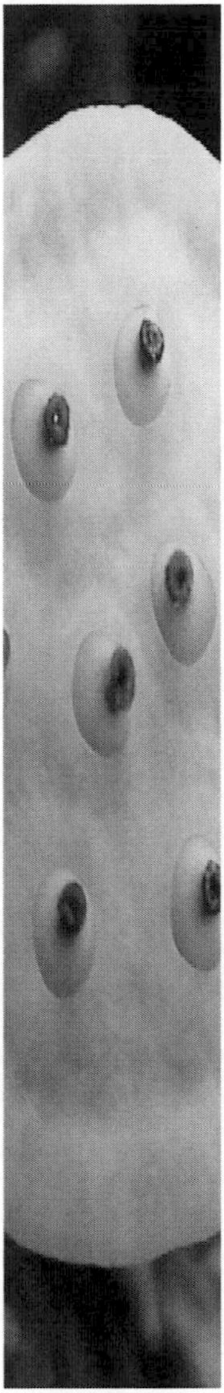

詠蘭

天有其尊，人有其名，草木亦有其貴。而蘭之貴者，在其姣姣之花，秀秀之葉，居乎深山之中，懸於峭壁之上。沒沒兮孤芳自賞，沾晨露，飲晚風，命以天年，而不與千紫爭妍。是以自古有仲尼之賞蘭，以其淨淨自潔，譬若君子之處危而不易其節也。賢士詠蘭常謂為君子之花，讚其美德也。

而今賞蘭之士，以為貴者在其罕而珍者，鮮有比乎古人也。嗟呼！時之更移，心之所向亦易矣！痛哉！

人之貴者在其德也，故有顏子之賢，千古傳揚。一簞食，一瓢飲，身居陋巷而不改其樂。若本此心以賞蘭，則其價亦無與倫比矣！

蘭兮蘭兮，花中君子，人中隱士也。泛泛兮鮮視其所隱者何哉？

64 於花蓮

單騎屏東墾丁二日遊

當一首「綠島小夜曲」在仲夏的午夜輕輕唱起時，相信沒有一個人不會在腦海中浮現出南國迤邐的風光。去年，拜台南出差之便，一睹了她的風華，並為自己單騎旅遊創下了兩天四百多公里的記錄。她的確太美了，美得叫我眷顧再三不忍離去！

那是個百花怒放的春天，早晨的天氣還浮著點點的寒意。心想，籌劃已久的旅遊計劃，這是最佳旅遊氣候。於是，高高興興地往台灣尾方向前進。第一站是左營蓮池，我從台南騎了近兩個小時抵達了左營蓮池春秋閣，這是相當廣漠的潭，潭畔楊柳依依，又可望見半屏山的倒影。半屏山雖在水泥廠的吞噬摧殘下，已見老態，但仍能看出當年的翠綠。如果再聯想到它那有趣的神話故事，又望望它的倒影，也許半屏山會年復一年的垂影自嘆，誰把我弄成這樣子？是那神仙嗎？還是住在我山腰的水泥仙呢？沿著潭畔走過富麗堂皇的孔廟，許多宮廷戲都會找它當背景，因全省孔廟只有這裡依水而建，使人有「智者樂山，仁者樂水」之悟。當然，潭畔還值得一提的是頗負盛名的春秋閣龍虎閣，潭中的十里亭及潭邊的龜山。這小山上有座永靖塔，係記念桂永清將軍所建，聽說是用來鎮龜之用。沿山有左營舊城東門，這城門建於清光緒年間，城牆尚存一段，用咕咾石所砌。城門有守門神的雕像，城外尚有一口井。從這裡觀看，依稀還能看到當年的情景。這東門也因蘇南成市長為交通便利之故敲了它一個牆腳，引來一場不小的風波，同時使這城門備受重視。繞出這尚稱古樸的勝地，邁向更遙遠的旅途向更南方駛去。

經過繁華的高雄市區，來到簡樸的林邊漁港。這是典型的漁村，看不到半點繁華，經向當地人探路，抵達召岸漁港，以及到小琉球的渡船口。但在興奮之際，又令我十分失望。每天開船班次不多，除非有遊覽車團體包船，我看看手錶距下一班開船時刻尚有一個多小時，若再由小琉球返回，恐將夕陽西下了。為趕抵恆春，只好揮手向這嚮往已久的海上小島暫作告別，就等下回再見吧！

揮別了林邊，來到東港，這裡比林邊熱鬧多了，也能通往小琉球，只是一直找不到渡船口而作罷。機車馳往屏鵝公路，在這寬敞的屏鵝公路上的確舒服。覽不盡的是道路兩旁又高又大的隨風婆娑的椰子樹，以及椰子樹下掛滿椰子的小販。還有一大片一大片鼓動著水花相當耀眼的養殖田，沿海的瓊麻、木麻黃。大片的果園，及辛勤撈魚的小漁船、舢舨、海釣客。還有戲水的游客，都成一路上海邊的風景。過了車城，陣陣蔥香便撲鼻而來。這裏是本省有名的洋蔥產地，到處可見蔥田。但你可能沒想到此地洋蔥一麻袋才賣一百元，還無人問津！但這並非此地洋蔥品質不良，而是經濟環境所造成！由此地沿二重溪、四重溪可達石門古戰場。所謂古戰場，就是發生於清同治年間山胞抗日的牡丹社事件。目前，僅用鋁板指示牌標示。看看兩岸峭拔的山壁，似有一夫當關萬夫莫敵之勢，而溪邊尚有軍用碉堡。這些碉堡伴著淺淺的溪流，似乎還悼念著當年悲壯的史詩。由於已是下午，太陽逐漸兇起來，我晰白的雙臂因而曬得通紅發燙！我知道已經曬傷了。當抵達恒春時，先到冰店報到，吃它兩碗再用冰敷雙臂，降低發燙的皮膚溫度，就去逛恒春的四座城門。

恒春四城，依東西南北方位各據一方，為本省僅有的土埒城牆的古城。也是到目前唯一城門與城牆保留最完整的古城，值得一遊！你可到西門看看，依舊是商業繁忙之地。北城門的城垣較高，約兩層樓，除城垣有崩塌之外尚稱完整。登上城垣，可看到古樸的東城樓，亦可看到城門間相連的城垣，起伏於山巒間，村落就在城內。若說要嘗試登城而抒發幽古之情，恐怕只有在恒春城找尋了。雖說恒春城保留完整，仍敵不過現代化公路的分割！南門、東門都遭此命運，這使我相當難過！心想：為何不將公路由地下穿過；而保留城的完整呢？古蹟的創建不易，而今受教育者又鮮有文化使命感，以致那刻板的專業知識；戕害了一座一座的古蹟！使得現代的人們面對這些殘存的古蹟時，除了驚奇訝異外，更深深呈現出一種的無知與冷漠！想到這，我不禁深深嘆息！揮別了東門，面前是一片荒蕪，在夕落平漠前的陣陣冷風，頗有幾分蕭颯之感。不久，有放牧的山胞在翠綠的草地上放羊，一副悠然自得的樣子。當我趕到佳洛水時，太陽已依靠在巴士海峽的上空，我快步欣賞這裡的奇石和美麗的浪花。而最重要的是想一睹山海瀑布的奇景，只是當我走完這片風景時未見這奇景！後來才明瞭，自己頭頂上高兀怪異又有幾分恐怖的斷崖就是山海瀑布了，只是近日水少難成瀑布罷了！離開佳洛水，晚風習習的唱起晚歌，天邊的幾片晚霞，逐漸消失。那美麗如燕的台灣尾，在朦朧的夜色中落幕，只待我明早開啟。

以台灣尾的風景而言，聯勤的渡假中心是最佳景觀位置。附近有廣闊的龍磐公園大草原，可同時欣賞太平洋的日出，和巴士海峽的落日。只可惜我未事先訂房而無法圓此美夢！乃投宿鵝鑾鼻附近的鵝鑾鼻大旅社。但塞翁失馬焉知非福！旅社的老闆因其友人的公司同仁；亦要在當晚投宿，他將親自帶他們到龍坑生態保護區參觀，要我若有興趣可一道前行，這求之不得的機會怎能錯過！隔天清晨便隨著這群同是來自台北的遊客；頂著細雨，踏著草尖上濃濃的露珠往龍坑去。這是尚稱完整的原始處女地，除了有守軍班哨駐防外，外人進入不多。那高大近十餘公尺的珊瑚礁散佈在這片保護區中。這裡有崩崖、峽谷、陷穴，近海有部分海蝕平台。如果說，走在這裡彷彿進入百萬年前的時光隧道並不算誇張！因據說這些珊瑚礁都已有百萬年了。墾丁沿海幾乎都是它的天下，在這裡欣賞日出很不錯；但厚厚的雲層阻檔我們想瞧太陽剛睡醒的臉。後來隨旅社老闆去看看所謂龍坑，原來是一個陷穴有十多公尺深，海波迴旋其中，因此時而波濤飛濺，迴音龍龍，真可謂一奇觀。想想當初命名者，不是個文學家；也是個充滿想像力的人。「龍坑」真妙的命名，叫人不禁想一探究竟。離開了龍坑，來到鵝鑾鼻公園。這公園相當廣，從鵝鑾鼻燈塔直到海邊，屬於熱帶海岸林區。有美麗的草原、岩壁，幽谷小徑穿梭其間。看累了這片綠意，可到滿佈礁石的海邊觀賞漁船、浪花，或淺海生物及覆在珊瑚礁上的罕見植物。

來到墾丁，則龍磐公園風吹砂（落山風）是值得一看的地方。龍磐公園以草原和斷崖為最主要景觀。那連綿的草原，仿如置身在北國，偶見牛羊牧放其中。在公路與草原的盡頭，是疊疊山巒；像一幅畫，叫人心胸釋然。要不然就坐在斷崖之上，俯瞰萬丈之下一波波的浪花，海岸正如燕尾般伸入屏東半島。一片碧藍的海面，正是巴士海峽。說真的，來到這裡，你會不自覺的有一股壯士以天下為己任般的凌雲氣概！位於鵝佳公路上的風吹砂是很特殊的景觀，因為這是在台灣唯一可窺見的沙漠景觀。由於落山風的關係，將沙沿崖坡送到崖頂，形成一片沙帶，步行其間就如在沙漠上一般，十分吃力。離開了風吹沙，折回到香蕉灣。這是典型的熱帶海岸林，有不少難得一見的植物。若你沒這方面的知識也沒關係，公園處都設有解說牌。還有在海邊的船帆石也該瞧它兩眼，看看它是否真像帆船呢？墾丁公園是此地區的中心位置，遊玩的人最多。有高雄的台汽客運直達，不在此贅述。倒要說一下旁邊的社頂公園，這裡以自然景觀為主，少有人工雕痕。

公園內都是巨大的珊瑚礁岩，有岩穴、有斷裂的山洞，還有野生的花草，及各種的灌木樹林等。聽說這裡還要開闢為梅花鹿復育研究區呢？若復育成功，則以後可見梅花鹿徜徉其間。昔日福爾摩莎的美名，或可在此窺見一二！

遊完社頂公園，可到墾丁青年活動中心欣賞全閩式的中國建築之美，還有墾丁海水浴場，南灣核能電廠也可一遊。接著來到台灣的另一個尾端，這裡的景觀有龍鑾潭、後壁湖小漁村風光，盛名的貓鼻頭。貓鼻頭聽說是那巨大的珊瑚礁岩像貓鼻而得名。這裡海風很強，可眺望台灣海峽的風光。至於那塊礁岩像不像貓鼻？就自己去觀察了。之後，該上關山。這是墾丁國家公園最佳的展望地點，屏東半島盡入眼底。「關山夕照」是它最好的註解。橫在半山腰的自然奇景是「飛來石」，名如奇景。當你面對它時，不禁會想：這真是飛來的石頭嗎？當然不是，它只是地型老化過程中；殘留的遺蹟罷了！離開關山，再過白砂萬里桐、後灣、龜山，再回到車城，完成屏東半島的旅遊。只是我的假期已剩不多，必需趕回台南。那恒春八景之一的「關山夕照」，是不是那麼迷人？白砂後灣的旅遊線是不是有更不同凡響的景觀？就留待他日再探了。匆匆的兩天，我雖已疲憊不堪，但那亞熱帶迷人的美景，一直是我此行最大的收穫。若有機會，我會再來！而這次的揮別，只為下次更細細品茗它！

7708 於台北

雪山行——記隨台北市攝影學會攀登雪山

生長在亞熱帶的人，對於雪都有著無比浪漫的懷想。因此一提及下雪，就顯得興奮不已。而當冬季傳出下雪的消息時，平時荒涼的山道，就人車擁擠，為的就是一睹雪的真面貌，享受一下北國銀色世界的新鮮感。而我這次攀登雪山，亦懷著這般的心情。雖然氣象報告傳來的消息，令我們非常失望！縱然這時已是十一月的冬天，但不論如何，雪山對我而言是相當迷人的，也是長久以來夢寐想攀登的高山！

這次的行程共三天二夜，而第一天是下午開始，因此，實際上僅二天半而已。這次登山攝影活動，參加的會員不少約三十多位，而有不少都是初次爬高山，年齡更是相差懸殊，從二十來歲到六十來歲，可說是男女老少大雜燴的登山隊伍。有的為這次的「遠征」登山裝備都是新買的，還有老婆送行，畢竟對他們來說是初次遠征，多少還是放心不下。當晚我們抵達宜蘭礁溪這有名的溫泉鄉，但這時已近午夜，明早六點就要出發。因此，大部份隊員在房間分配完後，便進入夢鄉，那有時間去瀏覽這溫泉鄉的夜景。

曙光才露，已雞鳴不已。大夥睜開惺忪的雙眼，用完早餐，遊覽車就載著還昏睡的我們；開往北橫的道路去。一路上都是那麼的新鮮，沿路的一草一木、屋宇、行人，連綿的山巒及清澈的流水，和飄盪的浮雲，在我們這群長久在都市中生活的眼中；都充滿著新鮮與好奇！遊覽車迤邐沿北橫公路而去，每處景色各異。有人這時已興奮地開機往窗外拍照了！老經驗的攝影者總會笑一笑；勸新手省點底片。不知過了多久，引擎聲音停止了。大夥才叫嚷著說：「到了嗎？」，「就在這裡嗎？」「是的，我們在這裡下車，把所有背包物品傳到車外。」領隊一聲令下，剎那間遊覽車已空了。「雪山登山口」我像發現寶物似的叫著！原來我們已到了登山口。這地方是高冷蔬菜區，蔬菜都長得又大又脆。武陵農場就在不遠處。大家休息一陣，吃完便當後，就隨著領隊攜帶個人背包、照相器材；以及公糧往略帶神秘的雲深不知處走去！

「就在越過這山後有雲的地方！」領隊回答我們這些好奇的新人。由於才下過雨不久，山路崎嶇陡峭。外套一件一件脫，肩上的背包卻一步比一步吃重。有幾位女隊員終不勝負荷，只好由我們男隊員分擔。我一路拍花草倒不覺得太累。然而每次回首看看來時路，山似乎一直在增高，而我們仍清清楚楚地看到武陵農場的高冷蔬菜區。又過了不少時候，不知揮撒多少汗水，氣溫下降了，身旁的景色變了，雲影近了，老松、檜木、枯木的寒帶景象出現了。我們不禁向山下的隊友們高喊著：「快到啦！」我們好高興，但問問領隊，所得的回答是：「再繞過山腰的雲邊；就是今晚的休息處—七卡山莊。」「唉！」大家像洩了氣的皮球，好失望！只好再埋首前進！就在將近黃昏的時候，終於抵達第一站——七卡山莊。這山莊以木板搭建，像林務局的工寮。附近不少柏樹苗、波斯菊等，高大的林木更在四周。有幾隻大鳥飛在高大的枯木上鳴叫，聲音清脆，這樣大的鳥在都市還少見呢！正欣賞美麗的周遭環境，冷冷的霧已一層一層地往山莊包圍。莫非，這是群山迎接客人的方式？正想著，同好們已開始以霧為背景；或為留念，或為另一張佳構潛心營造氣份。有人更說：「拍不到七卡的夕陽，這霧也挺美的！」是的，這霧既輕又柔，宛若少女的初情，矇矓又可愛。有幾位女同好，更成為大家的模特兒了。當夜色低垂時，白若羊毛的霧漸漸被沉沉的黑夜吞噬，氣溫更冷了，我們都披上了大衣。「南湖大山！」有人驚叫！驚動了正在辛苦地弄著今天晚餐的眾人。這時，已有人連拍數張，但我們還弄不清楚方位呢！那是在東方的白雲深處；若隱若現的黃金色的山尖。大家不禁為這突如其來的奇景雀躍！有人說，這就是迴光返照！沒看到夕陽，這就值回票價。才剎那間，那黃金般美麗的南湖尖山，便消失在逐漸昏沈的雲霧中。出門在外，我們都很合作。找幾張破桌殘椅，就在山莊外露天吃飯，手電筒是我們唯一的光源。飯後，領隊告訴我們，今晚凌晨零點起床，我們要趕上明天的日出，所以要大家早些睡覺。但疲憊的人早就睡了，不睡的人，還準備晚上的點心呢！由於月亮未出，天空一片燦爛。除了數點星星；尋找流星外，更七嘴八舌的望著北極星應該的位置，但始終找不到！有一夥人架起相機，望著夜空大談拍攝的要領，為要把這片美麗的不受遮掩的夜空攝入底片中。至於成果如何？只有底片自己知道！山裡的夜是冷的，寂靜的。也許，有人已夢到了雪山哩！

一陣騷動，銀色的月光已斜射入沉睡的山莊。有些山友早已起身繼續趕路。我們用完早餐，在領隊的吩咐下，輕裝揹上攝影器材，開亮手電筒，沿著山路開始最漫長又辛苦的路程—往雪山東峰出發。這時，露水是重的，霧是濃的。唯恐隊員迷路，我們走走停停地；在有月光但仍暗的黑夜中緩慢前進。只覺得氣溫愈來愈冷，雙腳愈來愈沉重，而路況越來越糟！有碎石、有坑洞、有鬆土，「這是媽媽坡，再過去是黑森林，然後就到了東峰！」原來媽媽坡！是體力的考驗站！若體力差的人到此，不得不喊著「媽媽啊！」這時，我們已通過濃霧區，環繞著雪山的中央尖山、南湖大山、無明山、桃山都像剪影似的浮現在迷霧的山頭，這是我們唯一可欣賞的風景。「前面就是風口，風大要小心通過了。風口就是黑森林！」有人如此指點迷津。正如所言，風口有冷颯的風，在一片幽暗的黑森林之前，這裡顯得有幾分陰森恐怖。過了黑森林，到了箭竹草原區，終於抵達東峰，時已五點多了。有人這時已躺在鬆鬆的箭竹上，有人早就攻上東峰，找最佳攝影角度。這是高潮戲，大家都嚴陣以待。東方白肚，曉星漸沉。霧中可見山腳下燈火幾處，雲是一大片的在山腰；像海一般正翻騰洶湧，為日出演出一齣最美麗的戲，大地都屏住氣息，直等日出的剎那發揮絕頂的才藝！

日出是五點二十分，目前已進入倒數時刻。當朱彩在群山上頭揮上一筆時，相機已卡叱卡叱地開始拍攝。這瞬息萬變的景色，逐漸地，天空像一張漸層紙，在藍色與橙色中輝映。不久，烏黑的雲染上了朱紅色的光彩，烏黑黑的雲又不斷地變化，天空像被最優秀的畫家，以中國的水墨畫渲染一般。每個片斷，都是一幅金色的山水。這時，下層的雲也不甘示弱地鼓動著浪濤。因為，它正抗議烏雲奪去了它應有的光彩！最後，太陽突破了烏雲的控制展露美顏。剎時，這寂靜的山頂，發出一陣陣地鼓譟聲。有相機的卡叱聲，有人的歡呼聲，有人更如履平地般到處奔走獵取鏡頭，雖然已無緣見到金色的雲海，但那變化萬千的氣象；已令我們欣喜若狂！「啊！彩虹，彩虹！」這突然的聲音，吸引了所有人的鏡頭轉向雪山主峰上半圓的彩虹。「是雙層的彩虹，哇！太棒了！不虛此行。」那熱烈的情緒鼓動著，就在此達到高潮。因為，山岳拍攝有出現彩虹的機會不多，尤其在雪山之頂；且是雙彩虹的情形更是難得！卡叱聲不絕於耳，沒多久功夫彩虹消失了。也許，她只為我們亮亮相而已！這時晨曦以最炫爛的色彩展現魅力，雲兒被歸還了它皎白的色彩，正好動的到處編織畫面。在冷杉林枯木區，蔚藍的山巒之中；雲海是最動人的角色，而晨曦已失去了它的色彩。這時，有人仍迷戀東峰的雲海，但有人在上雪山東峰標高三一九九公尺的指示牌拍照留念後；往三六九山莊前進。

這段路相當迷人，為雪山精華所在。有漫漫的草原景觀，有到目前仍令人大惑不解的白樹林。除非問這散落的白樹林本身，誰也揭不開這謎！不知名的紅樹叢，更點綴了草原色彩。聽說這裏也曾是一片原始森林！若從仍站立著的枯木及衫木、柏木來看，也許吧！畢竟它已成為歷史了。好不容易到達三六九山莊，有同好還想進入冷衫區。但我已走不動了，便在這最廣的草原坡上休息，補充食物，欣賞腳下撩動的雲海。雪山山頂就在過了冷杉區後，算是在頭頂不遠，說是不遠也要三小時的步程！來回少說也得五小時。反正冰斗已看到了，主峰也看到了，就算到此一遊了。至於那冰斗裏神秘的冰河遺跡，及令人吸引的高山寒原帶稀有植物，就束裝在幻想之中，等下次揭開吧！

來程已夠累了，回程更累！隊友更是稀稀落落。雖然如此，我還是不忘觀察可能的景色，及稀奇少見的植物拍下做為記錄。同樣一條路，來回的景色迥異。才是近午，雲霧不再被壓在山腰，而是隨著風，飛越雪山稜線與另一山谷的雲霧串聯。我們又走入雲深不知處！有一回，我還懷疑前面的道路是否絕路呢！霧實在太濃了，濃得分不清方向，看不到附近的山友們。縱是如此，那老松及高山杜鵑驕紅的花兒仍是我醉心獵取的鏡頭。到了媽媽坡及以後的下山路段，始發現早上摸黑而來的路竟如此陡峭難行，必須穩住重心，否則將來個人仰馬翻；非一瀉到山腳而後止不可。看看這般景象，不禁叫我捏一把冷汗！心想：「還好，是摸黑行動，不然將會有不少隊友望山而卻步！」無怪乎有人傳聞，登雪山在考驗登山者！相信這話是真實的！回到山莊，已有些人腳部受傷，較好的雙腳也浮痛了。用完午餐，清點人數後，邁開沉重的雙腳，揮別了這曾被我們戲弄為標高 12463 公尺的「七卡山莊」，往山下的武陵農場而去。當我們走到山下回望雪山，雪山仍在團團的雲霧之中，似乎在告訴我們：它仍是神秘的！縱然，我們已走進又走出來，一陣的喧鬧，及無數的底片，仍無法打擾它的寧靜！與一片悠然。更似乎向我們召喚：朋友們，我的故事從大地之初就開始述說，年復一年，永遠說不完……。是的，大地是神奇的，山是迷人的。不論我們的足跡踏過多少遍，你仍端然像智慧的老人，無視於眼前的騷動。再見了雪山——一座令人著迷的山。

780601 台北景美

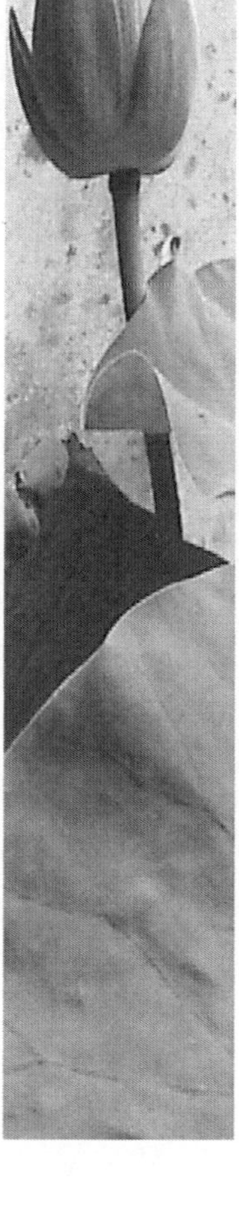

一首詩的懷想

每當臨近春天，或春天濛濛的雨中，總喜歡把在高中時期所作的一首詩撩在腦海中。這是七言絕句；描寫初春的景色。全詩如下：

初　春

幾日霾雨忽開窗，
窗外桃花壓綠牆。
牆上飛鳥逐英戲，
戲吟小詩共春光。

短短的一首小詩，說盡初春充滿生氣與悠閒的景色，而它更包含著我對故鄉的懷想。當時，我還是年少；但卻需負笈他鄉！年少的心；加上易被挑動的感情，使我懷鄉之情特別濃，濃得像故鄉的雲。每當細雨紛飛；或是雷雨交加之後，雲便層層地裹住這小小的山村。黛綠的山脈，悠悠的秀姑巒溪水，以及碧綠的秧苗，還殘留兒時嬉玩痕跡的楊柳樹，古老的松樹，以及鄰家盛開的桃花，門前親植已結成累累金黃的枇杷，都含著晶瑩水珠，充滿著大地蘊育的無限生機。剎時，人也含蘊在大地之中！

今晚窗前的雨滴是否滴到天明？我已無心計數！因為再多的雨滴；再多青蔥

的路樹，都無法串成故鄉的雨珠，故鄉雲裏的春天！但不管怎樣？當年立志出鄉關的少年；已落根在繁華的大都會中。雖不敢想有「衣錦還鄉」的一天，尤其，在這多變的社會中，只期盼能經營自己的小窩，讓它更溫馨；更甜美！當然，亦希望有朝一日；把故鄉的雲，雲裏的春天，包裹一些到這忙碌的台北來。暫時拋下身邊的工作，欣賞牆上飛鳥逐英的樂趣，重拾已塵封的老詩本，走入古人優雅的時光中，聆聽大地帶來的哲思！

7901 於台北景美

讀經營之神松下祕笈

「路是無限寬廣的。」——松下幸之助

引用祕笈封面這句話做為本文的開頭，也許你和我一樣對「路是無限寬廣的」既熟悉又陌生，因為，我們只常聽說「路是人走出來的」。的確，從前的路幾乎都是經歷無數人的腳步而形成的。但這只是從表相而言，而「路是無限寬廣的」卻從路的心相來看，即從他的意識面而言。何以見得？這就是松下幸之助其一生令人著迷的神秘點！

「松下祕笈」，也許有人會想到所謂的武林祕笈，凡得祕笈又經一番修練後即可稱霸武林！只可惜它只是一本六十四開的小冊子，內頁亦僅四十二頁，並不怎麼起眼。而內容上說穿了只是松下的奮鬥史及其名言錄而已。然而，你若想掌握你的一生，尤其創立事業，則它將使你更具企圖心，並導引你走上更正確的道路。

孔子曾說：「朝聞道，夕死可以。」俗話說：「一言可以興邦，可以亂邦。」我們也常聽說，一位成功的偉人，都有一些執著的信念支持。而讀到這本祕笈就深深體會其真理所在。松下幸之助的奮鬥過程，跟創立台塑王國的王永慶十分相似。松下出身窮困並幹過各種小學徒，唸書歷程更是曲折。而這樣的經歷，卻成為他爾後企業成長的基礎。松下二十一歲創立「松下電氣器具製作所」，雇員工五名，在無資金又無經驗下，他冒險開創機運，並對內不斷追求品質改善，對外繼續打開銷售網路。十二年後有了長足的進步，如今已將國際牌的聲名遠播全球，擁有員工十三萬五千人之多。此外，他不以一個「企業人」為滿足，他尚追求精神文明，創立「ＰＨＰ研究所」—Peace and Happiness through Prosperity（藉由物質的繁榮共同追求和平與幸福），及「松下政經塾」以培養二十一世紀的日本領導人才。由此可見松下遠大的眼光及寬闊的胸襟。

我們再看看松下的幾則名言，更可瞭解其人。

＊事業在人，一個人有了事業，若無成長的員工，就不是一個成功者。
＊從商業道德來看，不適當的價格，不管太高或太低，都是種罪惡。
＊以物質為中心的樂園，再加上宗教力量的精神安定，始得以完成人生。
＊和人交往，不可妄想，不可怠忽感謝，要重義理。
＊逐步開展的公司，雖有形形色色，卻有個共同點，就是將重點放在員工身上。
＊如果有比財富更重要的東西，該是附在自己身上之物。
＊沉迷於一事，只進行小規模的經營，不但無法使事業成長，更無法塑造人才。
＊塑造公司的雖是經營者，但扶植經營者的則是員工。
＊製造物品之前，是塑造人。

＊在執行公司經營方面，要聚集眾智，即全員經營。松下電氣自誕生以來，始終秉持這種作為。

由以上名言摘錄中，我們可以看見松下不只是一生意人，也是充滿人性的人。他有他獨自行為準則，及對事物處理的手法，而不被一般時下風氣所影響。他實事求是，不循偷機。因此，歸結來說，松下成功因素如下：

一、以技術者自居，以品質提昇為永遠追求的目標。

二、是個實行家，正如他敬佩的創立美國福特汽車的亨利福特，實事求是的精神一樣，他想到就做，且做得澈底。

三、為傑出的人性管理者，無高深學術背景，良好家世，但用許多傑出部下。

四、知人善用，縱是協力廠商技術員，他敏銳的觀察力，卻善用這技術員，而後這人爬升到社長。

五、身體力行，他不願只是坐而言的人，而是徹底地去執行。因此，上行下效使全部員工都感染了這股氣氛。

六、重視經銷商及消費者的意見，並建立良好關係。

因此，我們可以說，成功絕對不是偶然的。而松下幸之助的「祕笈」，更可做為已經經營的企業人或企圖創業者的指南。

7904 於台北景美

邂逅

清晨，雲自山巒間浮昇，開始他一天的腳程。這是他慣常的行程；從有雲存在開始即便如此。他是那麼隨機地行走，不管刮風或下雨；他就是這般隨意地走著；走著。水甩一甩髮上的露珠，快速地自山澗而下，隨著河道行走，這是她一天腳程的開始。但速度的快慢由不得她；她只能順勢而為。而這樣的情形，自有水存在開始即便如此。或許這就是一種定律；一種自然現象，一種自古而然的；不變的習慣。不論用什麼方法去認定；去解釋，雲就是這個樣子；水也是這個樣子，因為為他們定位似乎是多餘的！

雲那雙閒逛的眼；除了眼前景物，很少會停駐去看看除了眼前以外的景物。因為除了高山他似乎碰不到任何東西，所以他常是閉著雙眼遊走四方。就在他閉目養神的時候，忽然被一聲巨響驚醒！原來他漫遊到了瀑布的上方；水正以千鈞之力往下奔騰！

「嗨！是水嗎？」水仰頭只見天空浮著一片白雲。

「應是白雲在呼喚我！」她自忖也慶幸天地之間；還有認得她的朋友，她可以不必孤寂地走這趟路。於是回答說：

「雲，是你在叫我嗎？」

「是呀！水，我們一道散步如何？」

「嗯！這倒是好主意！」

於是雲往下降，雲和水放慢了腳步；在充滿繁花和綠林的山野間開始散步閒聊。

「你可升可降，是怎麼辦到的？」水懷疑地問著。

「其實我也不知道，因為天生下來就這樣。但聽說妳我是一物而二體；妳們水經由昇華飛到天上而成雲，但我們也會在某些特別的情況下下降化成水！」

「既然如此，你們是由我們而生的囉！所以我們在你們之前。」

「不！應該是我們雲在你們之前。因為沒有我們下降；就沒有水了啦！」

「但沒有水；又如何昇華成雲呢？」

「話雖然沒錯，這看來像個不變的定律，但在大地之初；水未必先有！而是雲先形成。當然，在這之前先有熱與冷的作用，因此我們都是被造者。所以，有些事或許應該跳開一些既成的思維；才不至被這循環的關係所牽絆。」

「經你這麼一說倒有幾分道理。畢竟眼前所見的未必就是真實的！現在的定律；也許多少年之後又可能不必然是定律了。所以，我們可以說在某些條件下；它是定律。但往往有不少人卻堅持自己所學的或所研究的；是千古不變的定律或法則。那也是因為自己存在於封閉的區域。若跳開眼前所見或許就大不同了！」

「妳說的是，在這宇宙中；其實都充滿著相對的矛盾，小至個人、社會；大至國家、地域，乃至星際。現在所見的；不久之後，也可能成為雲煙消散。但接著又會有新的事務出現。因此，古時代的所羅門王就曾感嘆地說：『太陽底下沒有新鮮的事。』因為新只是舊的延續而已！想想人類從古至今的活動，或因社會文化的差異而有所不同。然而所進行事務的本質並沒有多大變化，且似乎都一直重複著某些事務。或許這就是人類最寫實的景象——永無休止的爭端！」

「談到這些，我們若不換個主題；也許也會陷入這永無休止的爭端的魔咒之中。當每個人都強調自己的偉大與重要之後，爭端之火便有不盡的燃料。看看短短的人類文明史，不論從有文字開始或有語言開始；爭端似乎沒有一天停過。我倒很欣賞那無語言或無文字的日子，當時的知識源自於原始的本能，不容易昇華；也不容易傳承。雖然無知，倒也是另類的和平！太多的人為作做；反而容易引發糾紛。無怪乎中國的老子、莊子十分崇尚無為而治。也許他們早已看透了當時紛亂不斷的社會爭端的原因，所以認為只有無為才能得享太平。」

「關於老莊；他們最懂得水性了，難怪妳對他們推崇之至！」

「關於如何去讀水，老莊說得最清楚。而如何去運用水的哲理？可以從相當多的方面去討論。但這哲理書到後來被用在宗教信仰上；並成為宗教經典，就不是當時老莊所料想得到的！但這樣也好，最起碼有不少人在研究討論或身體力行。想想現在的科學家；不也在水的哲理中得到靈感，而發明了與水有關的機具！其實，萬事萬務也都在有意無意間相互效力。刻意的安排與無意間的接觸；都會產生不同的效能。新發明或發現卻常常在無意間得到靈感，然後再從這一點點的靈感去研究推敲；而得到一個統合的理論或新的構想。只是新的理論或新的構想未必就是真理，或可執行的方案。所以，一味盲從就成為最無知的行動。自古而來，多少的盲從行動，大規模地；熱熱烈烈地進行，也帶來無數慘痛的代價。最後，一切又回到了原點，但歷史已輾過了好幾輪。所以，浪花看來漂亮，當波浪過後，還是回到了原來的自己——水。因此，如何在經歷了大小震盪之後，又能清醒地認清自己的本質；就變得重要多了。所以萬事萬務不離其本。若不能究其本，那麼，多少美麗的浪花，也只是支離破碎的幻影而已。」

「好，很好！」雲不禁拍手稱讚。接著說：

「也許，妳因為隨地而行，不論大山峽谷；或是平原小路都得闖盪，於是有了這樣的想法。但這樣的想法，在天地之間也是一種事實。只是，並非所有的人都能看到或領悟到而已。就像我，只是一個虛幻的體，摸不著，但看得到！雖輕浮地在天上飄，卻有著難以估計的重量。又能在適當的時候展現威力。所以說不動則已，動則驚人。其實，我們除了去看表相外，也該去瞭解那潛在的不可見的能量。畢竟那不可見的能量才最具爆發力！例如：暴風雨的興起也絕非偶然，但它的本質仍是空虛的！看不到，摸不著，卻能在特定的時候發揮一定的威力。這種現象在地球上是這樣，在其他星球上或宇宙間也一樣。」

「在地球上或宇宙間也一樣？這我就有點覺得不可思議了！」

「其實，任何事情都不停地重複著，不論我們或已看見；已想到，或未看見；未想到。已經存在的仍舊存在，不存在的仍不存在。這不因為旁觀的我們；而是因為它自己。它若是存在的，也不因為任何人的否定而不存在。相同的，若是不存在的，也不因為被承認；或全部人承認存在而存在。這就是天地間的真實性。但不存在的也可能在偶然的；隨機的時空下被創造而存在。但在被創造之前是不存在的，在它殞滅後也是不存在的。這就如同古生物學家在化石中尋找真相，存在的固然可以得到證實。但目前未發現的，未必就沒有，未必就未曾存在。又如古老的傳說，它或許是已經隔了好幾個時空的事了。到目前或只剩下殘破不全的影子，但是否曾經存在過？是不該直下定論的。除非那只是憑空創造出來的故事。而這本來就不存在的；何來存在呢？所以以前的人以為地是平的，後來證實是圓的。由此來看，地球之外也會有跟地球一般的星球，或一樣的星系。因為，一切都是無限的，沒有一個可以單獨的存在。而妳我的情況，並非只在地球上發生，也非第一個或最初的。當然，這世界或這宇宙，也不會因一個人或一個國家；一群人類或整個地球而停止。因為生生滅滅，滅滅生生，永不止息！」

「談到這，我差點要飛向無垠的星際了。那裡實在是個無限的未知！就好比孤坐在一個島嶼上生活，是很難想像另一個島嶼的情況一般。除非真實地旅行到那島嶼，否則，也只是一種不切實際的暇想罷了。這用來增加想像空間倒也不錯，可增加視野，增加更多的創造力。而創造大多是無中生有。創造起初也只是一種想像，或一種假設。之後，有些就會轉為真實的！一個人或社會最怕的就是沒有想像力！因為，想像力是創造的原動力，有創造才能激起浪花。但若只有想像力，也無際於事。因它只不過是空中樓閣；或海市蜃樓而已。至於如何在想像力和創造力之間拿捏得準，就看智慧了。沒有人先天就充滿智慧。智慧是由時間；經歷與思考累積而來，而其中最重要的是思考。思考有淺層思考和深層思考，及各種不同層次的思考，它都能引導出不同的結果；不同的智慧。」

「這是不是已經談到人的內心了？」

「是的，人的內心才是一切的原動力。人的所有行為都由內心的思考開始，所以，思考的方向就成為行為的方向，思考主宰著人類的一切。其實，一切有生之物都會思考！只是層次有所不同；方式也不同，於是表現出來的就不同了。樹木花草因著宿命式地思考而很難改變現狀，一般動物就不那麼宿命了。但智慧與能力畢竟有限，要改變現狀不易。而學習適應的能力都一樣，其中也包括了人類。但人類思考深度與廣度又隨人而不同。人類也因有了能力，於是常常想去改變宿命。只是改變宿命是好事嗎？這又要看以什麼角度來看了。以目前而言，人是大大改變了人的宿命；創造了一切。但也為人類帶來不同的災難，及更大的挑戰。因此，如何在智慧與創造中尋得一個平衡？實在是值得去深思的事！而解開的鎖也是智慧。」

「唉！智慧啊！智慧，成也智慧，敗也智慧！」

水嘆口氣說著，向翠綠又平坦的原野遙望。雲與水說著說著；越靠越近差點忘了對方的存在。

「畢竟在這世界或宇宙中，沒有一定的對，也沒有一定的錯。在宇宙中一直有個規律在運行著，而這個規律也無關乎對與錯。因為對和錯只是一個相對的概念。只有在人為的操作下，對與錯才被賦與意義。所以，執意地去爭對與錯，短期間似乎百分之一百的正確。因此而產生使命感。但在轟轟烈烈地爭執之後，時間的平台拉長，一切又都幻化為雲煙！甚至，在一切的主客體都不存在時，又有誰在意那對與錯？只是人類在歷史的長河中，卻永不休止地爭執著這些會轉變的；當時所謂的真理或事實。於是，一幕一幕令人心痛的劇本在上演著，直到目前仍然！」

雲望一下水又繼續說著：

「無怪乎當時彭祖不踏入政治圈，卻悠然自在地活了八百年。這時的主客體已更迭了無數代。老子寫下了道德五千言；便背騎著牛西去，遠離了紛亂的世代。他們也許已領略了人世間萬事萬物的無常。所以，與其去爭，不如留個清靜。」

「想想也對，就像我；終日不停地奔跑，只有走到寬闊的大潭，才能放慢腳步靜靜地躺著，仰望天空；想想以前的、現在的或將來的事。所以說『寧靜』才能『致遠』，但太多人沒有『寧靜』的功夫了。又如何能深深地沉思而『致遠』呢？」

水說著說著，突然大叫

「小心！前面有座山！」雲悠然地回答：

「謝謝妳的提醒！但大可不必擔心。我看來是充充實實的形體，但也是空空虛虛的形體。天地之間沒有一樣物體不能被我包圍。我可以融合他們，也可以從他們之中分離出來。妳看！山已和我融合在一起了。我也滋潤著山中的一切。他們最喜歡我這種平靜溫和的態度，因為這樣才能帶給他們生命體的成長！」

「我也可以嗎？」

「妳我是一體而二物，當然可以。妳可以把萬物沉浸在胸懷中，但太多會傷害它，太少又不夠，只有恰到好處是最好的。這即是所謂『中庸之道』。其實，萬事萬物的最佳準則就是『中庸之道』。把持著這樣的原則，既無所爭，也無所傷。這世界豈不就和平了！」

「我想，和平是人類也包括萬物的希望。殺戮是最殘暴也最為人們所不悅的。只是，如何去除殺戮的產生？就要靠智慧了。若能去除偏見、成見、怨恨、仇恨和自私，把心思放空，也把雙手鬆開！相信一股清香、溫暖、喜悅的氣息；就會慢慢浸入！」

「我很讚同妳的說法！」

「哈哈哈！」雲與水都不禁地笑了。

「真高興！我們這一路走來聊得盡興，但我得往山上去了。再見！」

「再見！」

水看著雲逐漸包裹青翠的山脈往上浮升，自己也往廣闊且平坦的大潭奔流而去！

只留下剛才輕盈的笑聲；迴盪在幽谷之中！

9106 於龍潭星墅海

福爾摩莎號郵輪

西元 2051 年，民國 140 年四月春天的早晨，陽光自粉紅色杜鵑花瓣撒向長滿濕潤綠苔的石牆。這是臺灣大學的春天；一所充滿巴洛克西洋風格建築的古老大學，前身是日本帝國大學，因此，遺留不少當年殖民地時期豐富的館藏。清涼的微風從沙沙作響的椰葉輕輕的向行人們問候。

「嗨！小慧小玲早！」

「嗨！小康早」

「妳們要去那裡？」

「我們要去地球科學館開年會。」小慧小玲一起回答。

「今年年會有甚麼比較特別的主題嗎？」

「根據年會資料有一項比較特別的主題是名為『有關臺灣侏羅紀史前動物化石的發現與探討』由於這是新發現；我們想去瞭解。畢竟這太吸引人了，尤其對恐龍迷的我們而言。」小慧掠一下長髮望著小康回答。

「臺灣侏羅紀的史前動物化石？有可能嗎？記得各類媒體在前一陣子曾熱鬧報導過，這會是真的嗎？」

「我也半信半疑！但放在年會中作專題一定有更深入的探討。因此我們想更深入的瞭解這重大的發現！有興趣就跟我們一起去如何？」小慧回答。

「OK！就一齊去吧！」小康即刻答應，並把單車掉頭和小慧小玲一起騎著單車往地球科學館去。

地球科學館是一座充滿巴洛克西洋風格的古老建築，館藏豐富。由於這次年會主題十分吸引人，因此許多中外媒體很早就守候在科學館的裏裏外外好不熱鬧。

「會長您好！」

「哦！妳們也來了！」黃會長望著這幾位高中生親切地笑著說。

「是呀！這麼精彩的年會我們怎麼會缺席呢？您看，我們也把這位小男生抓過來參加！」小慧一面說著一面擰著小康向黃會長介紹。小康急忙向黃會長鞠個躬並問候他。

「很高興看到你們，歡迎！請進！」於是他們三人走進了會場，這時會場已是人山人海；分不清誰是會員誰非會員。這次年會採開放式；一般社會人士也能參加。

「各位女士先生大家好！現在我們請黃會長為大家講述今天的主題『有關臺灣侏羅紀史前動物化石的發現與探討』」主持人拿起麥克風宣布這項消息時，吵雜的會場突然鴉雀無聲，然後響起一陣陣熱烈的掌聲。

「謝謝！謝謝！有關今天的主題『有關臺灣侏羅紀史前動物化石的發現與探討』，其實是由於一場意外的發現……」黃會長說著；隨即掀開一座大理石製的巨大花瓶，並把有殘缺美的一面轉向大家。繼續地說著：「當時我帶著一群年輕小伙子在花蓮太魯閣一帶作地質與化石探考；經過商店發現了這座大理石製有殘缺美的巨大花瓶，而驚人的發現就在這殘缺美內充滿一顆顆的貝類化石中有好幾顆的菊石。菊石在世界上並不希罕，但在臺灣被發現就不同了，它代表著二億年前與恐龍同時代的意義而大大不同。請大家再詳細看看幻燈片的放大部份，在菊石旁邊竟有一大片沒有任何貝類，起初我們也不以為意，但經一番清洗後卻有驚人的發現！這是帶有鱗紋的巨大腳印化石，最特別的是這腳印化石竟有蹼狀。我們翻遍恐龍圖鑑並沒有這類型的恐龍，因此我們懷疑它是目前仍屬假想的海中恐龍：：。」黃會長的每一句話都深深扣住大家的心，這也許是臺灣發現的第一隻恐龍化石；世界第一隻海中恐龍！因此會場一片寂靜，目光都集中在那座巨大花瓶和一張張介紹的幻燈片。

「我們將計劃一次更深度的尋蹤探索——進入臺灣侏羅紀！期盼這是臺灣化石考古的新紀元！」話一說完，全場響起熱烈的掌聲，久久不能中斷。

夏日七月，臺灣東部海面風平浪靜，那碧藍的海面彷彿藍寶石層層平鋪著。福爾摩莎號郵輪正沿著基花藍色公路向花蓮東海岸前進。郵輪上有一般的旅客，也有參加尋蹤探索——進入臺灣侏羅紀的地球科學會會員及媒體記者。美輪美奐的福爾摩莎號郵輪航行在碧藍的海面上；猶如一顆白色的大貝殼十分耀眼。

「各位旅客！歡迎搭乘福爾摩莎號郵輪，這將是各位畢生難忘的藍色公路之旅。剛剛已經過了基隆嶼、棉花嶼，不久將靠近龜山島，而右手邊大片綠地就是500年來被叫做福爾摩莎美麗之島的臺灣島。延途幸運的話將會發現鯨魚群、海豚群、飛魚群及各種的魚群。當然，偶而也會發現零零落落的鳥類。郵輪兩側掛有救生艇、救生圈，每位旅客都有一具個人救生衣，請注意存放位置及緊急使用方法。當然，最好都用不到它！敬祝各位旅途愉快！」船上傳來悅耳的廣播聲，旅客的掌聲隨即響起。船板上的旅客有喝茶、喝咖啡、拍照、散步的，或三三兩兩靠著欄杆聊天；或仰望著正在接近的龜山島。地科學會的會員們也圍著黃會長；聽他述說臺灣的地質歷史。

「臺灣由於處在歐亞大陸及菲律賓板塊的界線上，並曾經數度的上浮下沉，使得地質的發育史十分複雜且多變又多彩多姿。但年齡還十分年輕，就像小慧、小玲、小康一樣充滿活力。」小慧小玲小康聽後都笑了，因為他們是全隊最年輕的；小慧、小玲、小康都只是高中生，一襲高校生的妝扮更顯得青春活力。黃會長接著說：「臺灣這厚達一萬公尺的土地屬第三紀地槽的沉積物，即古生代後期到中生代初期；距今約一到三億年前。所以說躺在海面下的臺灣；也曾經目睹侏儸紀恐龍時代的風華。只是到目前仍找不到半點鴻爪雁影！上次發現巨大花瓶的腳印化石燃起了一絲希望。希望此行我們會是豐收之旅！」話一說完，便響起一陣如雷的掌聲。

「各位旅客，龜山島就在眼前，島邊還有海底溫泉，但我們不上岸。」廣播之後，全船一片贊歎聲：

「那不就是美麗的龜山島！看！還有小龜卵呢！」

黃會長指著蒼翠的龜山島和正在湧出來的海底溫泉向隊員說：

「二百萬年前一連串火山爆發造就了這美麗的龜山島，你可想像當時可是處處溫泉、煙灰迷漫，十分浪漫！」黃會長笑了；大家也笑了。海上旅遊若不找些事消磨；再吸引的景致也會因單調而變得無趣。所以三五好友天南地北的聊天最是快慰。時間在大家的歡笑聲中悄悄溜過。廣播聲又響起：

「各位旅客，目的地—花蓮就在眼前，我們還有三浬的航程。美麗的花蓮；世界級的太魯閣；蒽蒽的東海岸和滾滾雪白的海浪；色彩繽紛的鵝卵石海灘以及活躍的鯨群豚群都將一一呈現在眼前。」不久，船尾傳來一陣驚呼聲；第一波鯨群出現吸引了全船的目光。那巨大的身軀在海面上翻滾；尾鰭拍起千堆浪花，氣孔更噴出數公尺高的水柱，如此靈活美妙的泳姿；很難跟牠巨大的身軀聯想在一起。美麗的東海岸、蘇花公路景色也漸漸浮現眼前。黃會長在大家欣賞美景之後靠著欄杆跟隊員們說：

「我現在請在花蓮土生土長的邱教授來介紹有關花蓮的事。他雖非地科科班出身，但對地球科學的研究心得十分深厚。我們鼓掌歡迎他。」掌聲隨即熱烈響起。

「謝謝！謝謝！謝謝黃會長的抬舉。」邱教授推推他厚厚的眼鏡接著又說：「花蓮，地名聽來就很美，具有很大想像空間。在地質上卻很花；尤其太魯閣一帶可說是臺灣變質岩的核心。因為這些變質岩記錄著一到三億年的沉積歷史；以及七千萬年前開始不斷發生拱升沉陷擠壓等的造山運動。塑造了高聳的中央山脈；也造就了太魯閣世界級的地理景觀。在這也說一點流傳民間趣聞給大家開懷一笑。聽說很久以前美國的潛水艇曾潛航東海岸海域，但浮出水面時卻看不到陸地，直到駛離後才發現竟在花蓮外海。於是花蓮內陸有空洞的傳言曾流傳一時！」

大家不禁驚嚇得目瞪口呆。邱教授繼續說著：

「其實花蓮是大理石之鄉，也是寶石之鄉，還是黃金之鄉！」

「黃金之鄉？不會吧！」大家異口同聲的說。

「說黃金之鄉？或許大家不信！但在溪畔掏砂金卻時有所聞。也曾聽說有單位在山區作過探勘；確有黃金礦藏，只是黃金含量不敷開採成本罷了！」

「唉！」大家都失望得嘆口氣。

這時，除了鯨群也來了豚群。夕陽正開始渲染金黃的顏料，旅客們都沉醉在這美景中。忽然小慧推著小康說：

「牠們是在競游嗎？怎麼好像越來越快！」

「咦！看來真有些不對勁！我們找會長說！」於是三人奔向正在拍攝黃昏美景的

黃會長說明情形，黃會長觀察一下也覺得不對勁！趕緊向服務臺反應。就在這時船身搖晃一下，大家以為是被大浪拍打所致。但航行安全室向船長發出緊急通報：

「報告船長！聲吶系統顯示海底有不明的聲波反應！」

「報告船長！旅客反應魚群正急速游離，不太正常！」

船長接獲這兩份不尋常的報告，忽然收斂悠閒的姿態，皺起眉頭來！此時，船身又搖晃一下。船身搖晃一下。船長開始陷入苦思，航行數十年來甚麼大風大浪都碰過了，但這現象是頭一遭！黃會長和邱教授也越來越覺得不對勁，請求和船長通話。船長早就慕名黃會長，於是派人請黃會長等到船長室交談。在經過一番討論後，一致懷疑可能是海底地震引起，令船長十分為難。而接下來的聲吶圖像顯示，震動波越來越頻繁。海平面也越來越不平靜，在海風不強的時候，波浪顯得很不尋常。旅客們也收起原有的笑容，開始憂慮起來！船長在一陣思索之後；指示航行安全室密切注意聲吶反應，並對外發出求救信號。又指示旅客安全組人員到船板上準備應變事宜。然後向旅客廣播說：

「各位旅客請注意！各位旅客請注意！我是船長，請不要驚慌！本郵輪可能遇上了麻煩！請配合我們安全人員指示行動，迅速攜帶最輕便行李揹包，穿上救生衣後到船板上準備搭乘救生艇應變。」話一說完旅客紛紛下艙準備，安全人員也開

始將救生艇卸到緊急室固定。這時，船身搖得更利害，浪更拍上了船板。

「將前後平衡桿伸出，穩定錘降下！」船長又下指令，船身搖晃減少，浪卻越來越高！幾度超越了船身。船長更憂心了。若要全速衝出危險不小！於是要求旅客搭乘救生艇，而每艘救生艇都有兩位安全人員操作，以便隨時棄船逃生。船身雖有平衡桿穩定錘仍敵不過巨濤駭浪的侵襲，幾度被海浪淹沒！全船一片淒慘叫聲！小慧小玲小康等也被濺了滿身濕。小慧神情緊張地跟小康說：

「我們該不會碰上另一次的鐵達尼號吧！」

「看樣子我們真幸運；只希望不會那麼慘！」小康苦中作樂地回答。

「你們不用害怕，我們郵輪的設備與急救安全設施比鐵達尼號好上十幾倍！救生艇可電動手動駕駛，若沉入水中也能自動充氣上浮，每人身邊都有氧氣罩可供一小時使用。我們一定能逃過此劫！」安全人員對著小康他們堅定地回答。這時海面突然平靜下來！船長認定機不可失立即指示輪機室全速前進，於是收起穩定錘加速航行，全船一片喝采鼓掌。不多時，看不到夕陽，只見海平面一直升高，夕陽消失了！大家十分詫異！船長也很納悶？黃會長直覺是板塊下陷而開始心慌；並向身旁船長說明。航行安全室也傳來聲吶測得的數據顯示海底正在下陷。船長雙手緊握低聲自語：

「完了！此劫難逃！願主保佑！」說完看著黃會長，於是兩人一臉茫然地相望。

忽然，遠方掀起濤天巨浪向郵輪襲來，那浪就像數百公尺高的水牆，還挾帶著又冷又急的風聲！全船一片驚叫：

「是海嘯！是海嘯！我們完了！我們完了！」有人一慌便私自解開救生艇奔向大海；不想坐以待斃。但救生艇的動力那堪海嘯的排山倒海，不久便翻入海中。大家正為他們惋惜時，海嘯已壓頂而來！船長要大家戴上氧氣罩應變。說完不久，全船即沉入海中，排水系統正式啟動。但瞬間湧入大量海水難以立即排出；船仍持續下沉。不一會兒，海水連船高速地衝入大黑洞中。就在全船人員的氧氣量即將耗盡之時，海水反流而回。郵輪也被拉回，擱淺在彎道上。郵輪逐漸露出海面！這時，大家趕緊取下氧氣罩深深吸口氣，為逃過一劫而互道慶幸。但在這黑漆漆伸手不見五指的洞內，大家的焦慮又寫上了臉。航行安全人員向船長報告所有電氣設備已無法使用，船身目前處於擱淺狀態，且有多處破裂。船長傳達指示打開救生艇備用電源並清點員工和旅客人數準備棄船。當電燈打開時，全船一片驚嚇！呼喊著：

「這裡是那裡？天堂嗎？寶宮嗎？」所有人員都為眼前這難以置信的奇景看得目瞪口呆，忘卻了方才死裡逃生的驚恐。如此許久許久，船長才推著黃會長開口低聲的說：

「會長！會長！這是甚麼地方？」黃會長這才從陶醉的夢中醒來，搖搖頭回答說：

「這裡是那裡我不知道，但這裡肯定是個地底河流，看那五彩繽紛的鐘乳石；少說也有數千萬年了！」正猜疑中，邱教授直覺是傳說中的洞穴；並提醒船長該尋找出路。但衛星定位儀壞了，恰巧小玲隨身帶有指南針；便取下一起研究方位。地底河流由西行再往西南流，若依剛才時間與速度來看，我們應已衝進一百公里左右的地方。小康馬上搶著說：

「這裡豈不是在中央山脈之下！」

「應該是！應該是！而且是個新發現！」黃會長與邱教授不約而同的回答。

這時船長也指示將剩餘的十艘救生艇緩降到水面，準備棄船尋找出路。當全部救生艇降到水面後，由船長帶頭逆流東行。水相當冰冷，但沿岸奇景叫人嘆為觀止！忽然小慧指著洞壁叫著：

「你們看！你們看！有黃金閃閃的巨大動物在洞壁上！」這一叫，全部目光從頭頂的鐘乳石轉移到兩邊的洞壁上。但越看越叫人驚奇，洞壁上竟是上古動物遺留下來的化石。這些化石都被黃金礦、黃鐵礦、各類玉礦等置換了，彷彿上古世界動物標本一一陳列在眼前。其中有一具有蹼的巨型動物；跟花瓶上有蹼的巨大腳印化石很像，不禁令人嘖嘖稱奇。就在這時，有人驚不住奇景的誘惑，脫隊爬上洞壁用力地敲擊化石。

「你們不行：：」船長和黃會長等人緊急呼喊要制止！但已來不及了，頭頂美麗的鐘乳石已因巨大的震動開始撥離墜落。船長趕緊加速救生艇奔馳，卻一不小心撞上一具水中化石！心想這下完了！忽然河底開啟一道洞門，救生艇便一艘艘順著河水下墜，慘叫聲不絕於耳！

當他們漸漸醒來時，發現躺在透明屋中。正疑惑時，有聲音傳來：

「歡迎您們！陌生人們！請不必害怕，您們已獲救了！現在請您們走出透明屋。」是女性的聲音，大家紛紛驚訝地站起來。有一扇門自動移開，便往這扇門魚貫而出。各式各樣明亮整齊的設備呈現在眼前。幾位長得標緻高挑的男女一一出現，態度十分和藹可親。

「您們其中一位應是船長；還有幾位是地理專家。我們已經在透明屋中掃瞄了您們的腦部資料庫，所以說我們已經認識你們了。現在您們正在想問我們是甚麼人對不對？」一位身穿明亮金色長袍的女性向大家說著。

「莫非您們是外太空來的人類？又長得和我們一模樣，跟傳說中外星人的形象不同？」船長懷疑的回答。大家都眼睛睜得大大的望著這位看來高貴的女性。

「我是這裡的艦長，兩萬年前我們來到這被我們稱為生命之星的星球；就是您們的地球。那時正是所謂冰河時期，海平面下降數百公尺，我們就進入這洞穴，一面經營這洞穴；一面搜集地球的生命資訊。但好景不長，一場惡劣天候變化之後，海平面迅速上升，我們便如此被淹沒了。」

「兩萬年都生存在地底，一點都不變！可能嗎？」大家都不禁問著。

「有些事會因為不曾經歷過而無法相信。但在這太空之中有太多令人無法相信的事了。就如我們相隔兩萬年，又不同星球，怎能一見面就能對話一般。生命的奧祕就在這裡——人類的腦部。這裡沉睡了許多許多曾經的記憶。只要喚醒這些記憶並作腦波轉換，便能掃除溝通的障礙，不必經過翻譯。」大家驚訝萬分。

「現在時間不多，我們邊走邊談，您們是幸運的！您們看那火紅如球的地方，是我們生之源，其實就是地球的岩漿，它創造了地底的另一個生活環境。您們的地球是活的，不像星河中有太多的星球已死亡，無法不斷創造生命。這裡有好幾座圓盤狀的物體，您們叫它飛碟；或是幽浮。其實它是我們飛行星際的交通工具，也是我們生活起居的場所；更是我們進行科學實驗等的地方。至於您們想要問的；何以生存兩萬年依然容顏不變？這是為進行長期太空旅行必要的條件之一。我們發現了長生的秘密，就存在幹細胞的基因之中。於是進行一連串基因改革，去除老化的基因，及激動基因、情感基因等，最後連有性繁殖也移除。基因改造具有危險性，目前地球人類也進行基因改造，而危機就在基因改造中。因為，有些基因突變是無法被掌握的。我們的星球曾發生基因危機；且險些覆滅！所以，我說您們是幸運的！自類人類基因突變而繁殖第一代人類後，尚不曾有太大改變。理智與情感互相制衡，青春與老年相隨。這即是您們所困擾的生老病死！但我們也有我們的困擾，我們正在研究如何回復以前的我們。只是一經改變的基因體，很難從改造後的基因中去拼湊還原及複製！」講到這裡，大家聽得鴉雀無聲。突然小慧問：

「我很好奇您們是如何製造飛碟的及您們的歷史？」艦長被這一問，遲疑一下然後手一揮，眼前出現一幅亮晶晶的立體星圖。艦長說：

「這是我們所認知的宇宙星系圖，而每個銀河幾乎都呈圓盤形，飛碟即以這為基礎發展研製的，但材質無法在地球礦物中找到。至於動力是以宇宙間取之不盡的萬有引力，只要控制得宜便能飛行自如。您們的太陽系位於這銀河的邊緣地帶，這銀河在這宇宙圈中又只是一部份而已！宇宙圈之外尚有宇宙。在這大宇宙中我們尚無法計算有多少宇宙，畢竟人的力量有限！至於我們的歷史，很難一時說清楚，因為您我分屬不同的宇宙。以地球年來計算太陽系也有六、七十億年，而所屬的宇宙約兩百億年。但我們所屬的宇宙有三百億年，但我們以宇宙年為紀年則是三千年，這是以小宇宙繞行大宇宙一圈為一年計算。至於大宇宙是否又繞行另一大宇宙呢？我目前尚無法告訴您們！時間不多了，請依我們人員的指示搭乘您們所謂的飛碟，我們將送您們出去，我們也將離開這裡返回我們的星球。」說著，大家依序進入了飛碟。不一會兒飛碟發出青黃紅白四道光芒，飛出黑暗洞穴。剛飛出洞穴，驚濤駭浪又襲向海岸，洞穴就沉入大海裏。

搖晃的大地逐漸平靜，海岸在海嘯的侵襲後，顯得十分狼藉。五架飛碟出現在天空，然後各發出一道白光，福爾摩莎郵輪劫後餘生的人們便出現在青翠的高爾夫球場上，一致向天空揮手。五架飛碟再度發出青黃紅白的光芒，然後在雲端消失！

920602 于桃園

一攤血——證嚴上人官司的省思

平常的一攤血，不，應該寫成一灘血，並不會引人側目。只要一不小心都會因劃傷而流血。在每天人來人往的馬路上，若每次都用可重複攝影的相機拍攝，那麼地上將出現無數灘的血。但這些血可能只引起當時路人的關心或心痛而已。但在當年證嚴法師行過鳳林所見地上的那灘血，卻引發這位法師發起宏願。如今慈濟功德會遍佈國內外，慈濟醫院、慈濟醫學院相繼成立，完成了不可能的任務，也造福了不僅僅在東部的居民。原住民的那灘血，誰都沒想到成就了這般功德！

同樣這灘血，也在證嚴法師的盛名遠播之後，帶來官司的困擾。那位莊醫師的「無心之過」，造就了證嚴法師，卻也引來他後人在他風燭殘年之際；要借司法塗消當年的「無心之過」。而司法最後判決：刑事無罪，但民事因一句有無說「保證金」之字，需賠一百零一萬元。然而，這樣的判決，引起社會大眾的莫名其妙和議論紛紛。就在上訴期限居滿前，證嚴法師力排眾議作出不再上訴的決定，使這事件就此打住，好讓所有當事人都能平息下來。同時，加班製作二十萬枝蠟燭，出售抵賠款，而不動用慈濟半毛錢。最後，莊家又把這賠款捐回慈濟，整個事件才全部落幕。

這一灘血的事件，莊家赢了面子，讓莊醫師了結心中憾事。證嚴上人的力排眾議，更展現了佛家不與世爭的無我空境。因此，有人說這是「兩個好人的戰爭」。其實，我們為何一定要為是非爭論不修呢？而莊醫師門前的這灘血，已因證嚴上人的發願；完成了不可能的任務，不再是普通地上的一灘血！

921022 於桃園

教育改革──九年一貫教改的省思

今年的八月，有一些人開始在街頭舉著黃期；默默地行走，黃旗上寫著「饒了孩子吧！」，十分醒目。於是，揭開了全國對十年教改的總檢討，並隨著「教改萬言書」大遊行帶到最高潮。後來，台大心理學教授黃光國發表「教改錯在那裡？」新書，將教改的探討做個總結。卻引發朝野政黨的激烈攻防戰。在野的指明李遠哲要負最大責任，執政黨說這是一項政治陰謀。歷屆教育部長更齊聚一堂檢討責任問題。但才十年，部長也換了七、八位，平均在位不到二年，有的甚至重大政策尚未推動就下台。而這樣的檢討責任問題，已模糊了真正的教改焦點！

細想，歷代都發生過教育改革。孔子以一己之力將教育貴族化轉為教育平民化，隋唐的科舉制度，又引領了教育的方向。當科舉廢了，各項考試仍然進行。升學又成就了聯考。若想往上爬，考試就不可避免。因為，大家都想去擠。況且，社會存在著深固的文憑價值觀。後來出現反聯考；反一試定終身的言論。於是，有了教育再改革的共識。但十年了，一本多綱教材成就了出板商、補習班。苦了家長，苦了學生。阿扁上台後，本土化如火如荼進行，美名九年一貫，卻硬生生的拆散各科系統，又填入本土意識產物。學測美名讓學生有更多入學機會，卻是變樣的特大聯考。學生只有更加疲於奔命和茫然！改革一樣落空！我覺得這都是因為一開始就沒有正本清源去瞭解；我們要培育的是怎樣的下一代？和學生們對學習慾望的期待？所以，若想改革成功，就先釐清各種的可能問題，並提出一套解決之道，而不是一個東拼西湊的大雜匯！更不是為一個目的，或臨時興起的急就章！

921022 於桃園

老樹媽媽謝粉玉——都市計畫的省思

聽說，老樹媽媽謝粉玉最近因繳不出銀行貸款利息而面臨查封的危機！她的貸款竟是為老樹租地之用！於是，這位曾在民國七十九年為保護苗栗台三線二百餘株；因道路擴寬面臨劇除命運的老樹抗議請命而名噪一時的小人物，再度引起社會大眾的注意。這二十多年來，她以一己之力到處搶救老樹，但現實的惡夢也隨時間而逐漸浮上。這是每個做傻事的傻人；到最後都會面對的現實——一個與理想背離的殘酷事實。但當時為築夢的那股傻勁，一份莫名的感情而無悔的付出，著實令人感動！在這冷冷的社會中，也因此添增不少溫暖。

老樹，其實和一般的樹一樣。只因它老，老出了感情，融入周遭人們生活的記憶中。於是，老樹成了一種回憶，一種睹物思情的象徵。只要你想得起來跟它有關的事，它就可以再度鮮活起來。老樹，就成為居民不可分割的一部份。這種親切的感情非外人可以體會，更不是那些只知劃道路、開大馬路的人所瞭解！所以，面對老樹應該用面對爺爺般尊敬地保存下來。若一任推土機把這些記憶的樹一一推倒！從此不知多少人的記憶；也隨土頃覆掩埋而成空白，老樹的故事不再傳唱！記得以前讀富里國小時，那棵巨大刺桐老樹和街上的老鳳凰樹都是我最深的記憶。如今，已消失無蹤！也許，當年就在商人手中化為鈔票了！若當時有老樹媽媽，或許現在的我還能在老樹底下；乘著晚風追想曾經的夢呢？

一直以來，政府的政策總是那麼生硬，缺少一份人的情感。以前的帝王時期，雖為人治，總還有如禁伐、禁獵等尊重自然生態的政策。民主時代的政府，似乎該深思了！我曾想：若全國都能珍惜老樹，讓樹的感情充滿街頭小巷，相信人與人間也會充滿感情，相互尊重，互相關懷，進而和樂融洽！

921022 於桃園

多一份心少一個遺憾——幼童事件的省思

任誰都不想有一點遺憾，但很多人卻因一時的疏忽而遺憾終身。我們打開報紙或電視等等各種媒體，遺憾的事幾乎天天都上演著。譬如：火災、火燒車、車禍、一時口角或氣憤打人、殺人、跳樓、自殺等等，叫人痛心不已。其實，他們若能多一份心想一想，遺憾的事可能就不會發生。可是，人們似乎都很健忘，除非事情發生在自己身上，不然，一切就像不曾發生一般！

記得前幾年，曾經發生幼稚園老師；為處罰學童而把學童關在娃娃車內導致該名學童死亡，驚動了社會。現在，又發生娃娃車殺人事件。這次不是處罰導致死亡事件，卻是疏忽且是一連串的疏忽。於是，本來可以避免的竟無法避免，讓令人心痛的事又發生了！也許，這只是個案。但我問在幼稚園上班的內人，才知道把學童罰坐娃娃車上，竟是普遍的事。原來直到現在如何有效管理學童，似乎是很多幼稚園還在摸索的事，這真令人相當失望。大家似乎都只專注於如何教小孩，如何去培育小天才，而忽略了如何有效的管小孩，及如何讓小孩安全的成長。其實，這方面相當重要，否則一個遺憾事件發生時，再多、再美的希望都將化為灰燼而已！

為了避免遺憾一再發生，每個人都應學習多一份心。是甚麼心呢？就是關心、疑心和警覺心，及臨危不亂的心。想想看若多一份關心，就會視學童如己出。還會把小孩關在娃娃車內嗎？要處罰小孩也當想想是否過重，及可能發生的危險性。更當瞭解處罰的目的何在？若只是一種自我情緒的發洩，則這樣的處罰都是過當。遇到事情多一份疑心，也許就因為這一份疑心，挽救可能發生的憾事。若當時相關的人都多一份警覺心，並追查到底。那憾事就不會發生了。只因為大家以為理所當然，於是，發生遺憾。假如，平日就能教育小孩臨危不亂的心，並一般的自處常識。那麼，當時情形只要窗戶一開，或車鎖一拉危機就解除了。但在這方面，一般都做得很差。只管把小孩當寶貝，卻剝奪了寶貝學習的機會。所謂「愛之，適足以害之！」為人家長、師長的，實應自我深加檢討。俗話說：「千金難買早知道」，這話不是沒道理的。最後我想再提醒：

「多一份心，少一份遺憾！」

930515 於桃園

外籍新娘——虐妻的省思

婚姻一直是神聖的，每個人自出生後要面臨的第一個人生的重大決擇就是婚姻，因為它可能就是一個人後半輩子生活的開始。以前有父母當靠山，長大後自己作主，結婚後卻是兩人共同負擔的世界。如何協調由單身的生活過度到兩人的生活世界；尤其女性更要承受兩人的生活世界外，再加上另一個家族的生活習慣的適應。這已超出單純的我們兩人相愛就可以了，管它天塌下來的思維所可以簡單解決的。因此如何選擇自己的婚姻，應該十分審慎！

近年來民智開化，神聖的婚姻已逐漸被隨便所取代，婚姻問題接連發生。一群單身貴族也從本島找婚姻對象轉移到國外，於是越南新娘、泰國新娘、印尼新娘、大陸新娘等的婚姻介紹所，如雨後春筍般開設。神聖的婚姻也開始物化了，用固定的價碼來選擇未來成家的伙伴，這種速成的婚姻關係，帶給不少在婚姻對象選擇上處於弱勢的人完成他的婚姻，告別了單身的生活。有的婚姻十分美滿，解決不少社會問題。但也有人並不用情於這遠來的媳婦，只把她當成買來的人；傳宗接代的工具及替他賺錢的廉價勞工。於是各種暴力事件頻傳，讓人看了無限心酸！同樣是人，都是父母所生有血有肉有感情，卻遭到非人的對待！怎是我們這號稱民主、自由、法治、開發中國家的人民應有的素養？但可悲的是悲劇還是一直上演！

前幾天發生一件震驚社會的越南新娘消瘦如柴的被拋棄路旁獲救；而揭發了一件嚇人的虐妻新聞，叫人讀了都擒淚不已！事件的發生是這樣：有一對夫婦沒生小孩於是辦理假離婚，讓先生到越南娶回新娘，本來也是好事一樁，卻因這位先生染了鏈球菌病於性器官，而認為這位越南新娘以前一定是酒家女等而把性病傳給他。於是夫婦聯手開始一連串的不人道的虐待，他們把這位還沒適應新生活的越南新娘關起來，一天只給吃一餐。然後一再私審她，且用一些酷刑如：十指插針浸鹽水，刀片割身，橡皮筋彈眼等，就是要她承認婚前曾是他們指控的事實，並在錄影取得承認的紀錄後，將據以申告離婚，並求賠二百萬元等。但這樣惡毒的計劃，在虐妻新聞揭露後，檢察官主動調查並求處這對夫婦七年不等徒刑。這位越南新娘也在大家的熱情款待後，離開這令她難過的婚姻傷心地，回到雖落後但還有起碼的人性尊嚴的越南！

人間冷暖，其實一線間，多為他人著想，本著同理心的胸懷。夫家都該尊重和疼惜媳婦，實在不該虐待她，更當把她視同家的一份子才是。那麼不論是本國新娘、外籍新娘都將成為家庭的一個生力軍，更當好好疼惜！我真為那些還在被虐待或被不合理對待的媳婦們叫屈！請那些夫家們高抬貴手，誰無父母，誰無子女，你願意自己的女兒也接受這般的待遇嗎？更請立法諸公，可否聽到這些微弱的哭訴？立個法，讓她在無法繼續前緣時，得以輕鬆的拋棄這原本是美夢卻成惡夢的枷鎖！讓她們不再因這枷鎖夜夜哭泣！或因而發生人倫悲劇！讓她們重新找到人生的歸宿，贏回應有的人性尊嚴！

930612

人生真的如夢
有夢就好
懂得夢的真諦
笑看你的一切
蕭 雲　寫于龍潭台北星墅海
940627

國家圖書館出版品預行編目

如夢令 ： 蕭雲詩文選 / 蕭雲著. -- 一版
臺北市 : 秀威資訊科技， 2005 [民 94]
面 ； 公分. -- 參考書目：面
ISBN 978-986-7263-57-5（平裝）

848.6 94014082

語言文學類 PG0067

如夢令 —蕭雲詩文選

作　　者 / 蕭雲
發 行 人 / 宋政坤
執行編輯 / 李坤城
圖文排版 / 莊芯媚
封面設計 / 莊芯媚
數位轉譯 / 徐真玉　沈裕閔
圖書銷售 / 林怡君
網路服務 / 徐國晉
出版印製 / 秀威資訊科技股份有限公司
台北市內湖區瑞光路 583 巷 25 號 1 樓
電話：02-2657-9211　　傳真：02-2657-9106
E-mail：service@showwe.com.tw
經 銷 商 / 紅螞蟻圖書有限公司
台北市內湖區舊宗路二段 121 巷 28、32 號 4 樓
電話：02-2795-3656　　傳真：02-2795-4100
http://www.e-redant.com

2006 年 7 月 BOD 再刷
定價：280 元

讀　者　回　函　卡

感謝您購買本書，為提升服務品質，煩請填寫以下問卷，收到您的寶貴意見後，我們會仔細收藏記錄並回贈紀念品，謝謝！

1.您購買的書名：______________________________

2.您從何得知本書的消息？

□網路書店　□部落格　□資料庫搜尋　□書訊　□電子報　□書店

□平面媒體　□ 朋友推薦　□網站推薦　□其他__________

3.您對本書的評價：(請填代號　1.非常滿意 2.滿意 3.尚可 4.再改進)

封面設計____　版面編排____　內容____　文/譯筆____　價格____

4.讀完書後您覺得：

□很有收獲　□有收獲　□收獲不多　□沒收獲

5.您會推薦本書給朋友嗎？

□會　□不會，為什麼？______________________________________

6.其他寶貴的意見：____

____

____

____

讀者基本資料

姓名：____________________ 年齡：______ 性別：□女 □男

聯絡電話：________________ E-mail：____________________

地址：____

學歷：□高中(含)以下　□高中　□專科學校　□大學

□研究所(含)以上 □其他_______________

職業：□製造業 □金融業 □資訊業 □軍警 □傳播業 □自由業

□服務業 □公務員 □教職　□學生 □其他__________

請貼
郵票

To：114

台北市內湖區瑞光路 583 巷 25 號 1 樓

秀威資訊科技股份有限公司　　收

寄件人姓名：

寄件人地址：□□□

(請沿線對摺寄回,謝謝!)

秀威與 BOD

BOD（Books On Demand）是數位出版的大趨勢，秀威資訊率先運用 POD 數位印刷設備來生產書籍，並提供作者全程數位出版服務，致使書籍產銷零庫存，知識傳承不絕版，目前已開闢以下書系：

一、BOD 學術著作—專業論述的閱讀延伸
二、BOD 個人著作—分享生命的心路歷程
三、BOD 旅遊著作—個人深度旅遊文學創作
四、BOD 大陸學者—大陸專業學者學術出版
五、POD 獨家經銷—數位產製的代發行書籍

BOD 秀威網路書店：www.showwe.com.tw
政府出版品網路書店：www.*gov*books.com.tw

永不絕版的故事・自己寫・永不休止的音符・自己唱